百年中国记忆
系列丛书

总策划、主编
刘未鸣

副主编
唐柳成　张剑荆　段　敏

燃烧的红烛

闻一多散文诗歌选

闻一多 著

百年中国记忆·先烈经典文丛

中国文史出版社

图书在版编目（CIP）数据

燃烧的红烛：闻一多散文诗歌选 / 闻一多著 . -- 北京：中国文史出版社，2020.11

（百年中国记忆 . 先烈经典文丛）

ISBN 978-7-5205-2416-2

Ⅰ . ① 燃… Ⅱ . ① 闻… Ⅲ . ① 散文集—中国—现代 ② 诗集—中国—现代 Ⅳ . ① I216.2

中国版本图书馆 CIP 数据核字（2020）第 204287 号

责任编辑：秦千里

出版发行：中国文史出版社
社　　址：北京市海淀区西八里庄路 69 号院　邮编：100142
电　　话：010-81136606　81136602　81136603（发行部）
传　　真：010-81136655
印　　装：北京朝阳印刷厂有限责任公司
经　　销：全国新华书店
开　　本：16 开
印　　张：20.75
字　　数：259 千字
版　　次：2021 年 1 月北京第 1 版
印　　次：2021 年 1 月第 1 次印刷
定　　价：65.00 元

编者说明

闻一多（1899—1946），著名诗人、学者、爱国民主战士。湖北省浠水人。1912 年考入北京清华学校。1916 年开始在《清华周刊》上发表《二月庐漫记》。1919 年参加五四运动。1920 年 4 月，发表第一篇白话文《旅客式的学生》；同年 9 月，发表第一首新诗《西岸》。1921 年 11 月与梁实秋等人发起成立清华文学社。1922 年 7 月赴美国芝加哥艺术学院学习。1923 年出版第一部诗集《红烛》。1925 年 5 月回国后，相继任教于中央大学、武汉大学、清华大学、西南联合大学等高校，担任教务长、外文系主任文学院长等职。1928 年出版第二部诗集《死水》。此后致力于古典文学的研究。对《周易》《诗经》《庄子》《楚辞》四大古籍的整理研究，被郭沫若称为“前无古人，后无来者”。1943 年后，他积极参加反对独裁，争取民主的斗争。1945 年为中国民主同盟会委员兼云南省负责人、昆明《民主周刊》社长。1946 年 7 月 15 日，闻一多在悼念李公朴的大会上发表《最后一次讲演》，当天下午在西仓坡宿舍门口被国民党昆明警备司令部下级军官汤时亮和李文山暗杀。

1948 年 8 月，由朱自清主编的《闻一多全集》出版。朱自清曾写诗歌颂闻一多：

“你是一团火，照彻了深渊；指示着青年，失望中抓住自我。你是一团火，照明了古代；歌舞和竞赛，有力猛如虎。你是一团火，照亮了魔鬼；烧毁了自己！遗烬里爆出个新中国！”

本书收录了闻一多的代表性散文、诗歌（《红烛》《死水》）和文学评论，从中可以窥见一个具有良知的知识分子对祖国的深沉爱恋、对人民的高度肯定、对民主的热切向往以及面对独裁专制的大无畏精神，可以了解他在新诗创作上的伟大成就，在杂文写作上的战斗力，在精神领域的追求方向和转折。

目　录

散　文

杂　文

文艺评论

诗　歌

散　文

武汉大学纪念孙总理奉安典礼祭文[①]

乌乎！神州陆沉，受制异族，民权不伸，民生弥蹙，厝火积薪，危机潜伏，众人熙熙，酣梦方熟。般维总理，先觉先知，四十年前，独抱忧危，结纳同志，密展宏规，光复故物，金瓯不亏。

国体共和，首崇让德，成功不居，退然拱默。咄哉叛夫，大盗移国，爰构厉阶，祸延南北。公谋建设，主义昭宣，建国方略，宪法五权。亿兆服膺，全体动员，催公北上，耆定坤乾。胡天不仁，沉疴遽染，扁鹊华陀，莫救斯险。壮志甫伸，荣光俄拚，载德琡珽，铭勋琬琰。

煌煌遗教，奉作宝书，和平统一，实践非虚，迁都金陵，力行其余，国民会议，苛约废除。遏密八音，倏焉三载，奉安钟山，兆域爽垲，坟对孝陵，徽扬寰海，举哀陈词，上诉真宰。滔滔江汉，载缵武功，辛亥首义，遐迩来同。学府既建，棫朴芃芃，敢献乐章，被之丝桐。尚飨。

① 原载1929年6月10日《国立武汉大学周刊》第25期所载《国立武汉大学纪念总理奉安典礼之联语及祭文》。

青　岛[1]

海船快到胶州湾时，远远望见一点青，在万顷的巨涛中浮沉；在右边崂山无数柱奇挺的怪峰，会使你忽然想起多少神仙的故事。进湾，先看见小青岛，就是先前浮沉在巨浪中的青点，离它几里远就是山东半岛最东的半岛——青岛。簇新的，整齐的楼屋，一座一座立在小小山坡上，笔直的柏油路伸展在两行梧桐树的中间，起伏在山冈上如一条蛇。谁信这个现成的海市蜃楼、一百年前还是个荒岛？

当春天，街市上和山野间密集的树叶，遮蔽着岛上所有的住屋，向着大海碧绿的波浪，岛上起伏的青梢也是一片海浪，浪下有似海底下神人所住的仙宫。但是在榆树丛荫，还埋着十多年前德国人坚伟的炮台，深长的甬道里你还可以看见那些地下室，那些被毁的大炮飞机，和墙壁上血涂的手迹。——欧战时这儿剩有五百德国兵丁和日本争夺我们的小岛，德国人败了，日本的太阳旗曾经一时招展全市，但不久又归还了我们。在青岛，有的是一片绿林下的仙宫和海水泱泱的高歌，不许人想到地下还藏着十多间可怕的暗窟，如今全毁了。

堤岸上种植无数株梧桐，那儿可以坐憩，在晚上凭栏望见海湾里千万只帆船的桅杆，远近一盏盏明灭的红绿灯飘在浮标上，那是海上的星辰。沿海岸处有许多伸长的山角，黄昏时潮水一卷一卷来，在沙

---

① 原载徐蔚南主编、1936年9月上海大众书局出版的《古今名文八百篇》第1册。

滩上飞转，溅起白浪花，又退回去，不厌倦的呼啸。天空中海欧逐向渔舟飞，有时间在海水中的大岩石上，听那巨浪撞击着岩石激起一两丈高的水花。那儿再有伸出海面的站桥，去站着望天上的云，海天的云彩永远是清澄无比的，夕阳快下山，西边浮起几道鲜丽耀眼的光，在别处你永远看不见的。

过清明节以后，从长期的海雾中带回了春色，公，成篱的雪柳，还有好像白亮灯的玉兰，软风一吹来就憩了。四月中旬，奇丽的日本樱花开得像天河，十里长的两行樱花，蜿蜒在山道上，你在树下走，一举首只见樱花绣成的云天。樱花落了，地下铺好一条花蹊。接着海棠花又点亮了，还有踯躅在山坡下的“山踯躅”，丁香，红端木，天天在染织这一大张地毡；往山后深林里走去，每天你会寻见一条新路，每一条小路中不知是谁创制的天地。

到夏季来，青岛几乎是天堂了。双驾马车载人到汇泉浴场去，男的女的中国人和十方的异客，戴了阔边大帽，海边沙滩上，人像小鱼一般，曝露在日光下，怀抱中是薰人的咸风。沙滩边许多小小的木屋，屋外搭着伞篷，人全仰天躺在沙上，有的下海去游泳，踩水浪，孩子们光着身在海滨拾贝壳。街路上满是烂醉的外国水手，一路上胡唱。

但是等秋风吹起，满岛又回复了它的沉默，少有人行走，只在雾天里听见一种怪木牛的叫声，人说木牛躲在海角下，谁都不知道在那儿。

复古的空气[①]

近来在思想和文学艺术诸方面，复古的空气颇为活跃，这是值得注意的一个现象。就一般民众讲，文化是有惰性的，而农业社会尤其如此。几千年积下来的习惯和观念，几乎成了第二天性，骤然改动，是不舒服的。其实就这群浑浑噩噩的大众说，他们始终是在“古”中没有动过，他们未曾维新，还谈得到什么复古！我们所谓复古空气，自然是专指知识和领导阶级说的。不过农民既几乎占我们人口百分之八十，少数的知识和领导阶级，不会不受他们的影响，所以谈到少数人的复古空气，首先不能不指出那作为他们的背景的大众。至于少数人之间所以发生这种空气，其原因与动机，可以分作四个类型来讲。

（一）一般的说来，复古倾向是一种心理上的自卫机能。自从与外人接触，在物质生活方面，发现事事不如人，这种发现所给予民族精神生活的担负，实在太重了。少数先天脆弱的心灵确乎给它压瘪了，压死了。多数人在这时，自卫机能便发生了作用。本来文学艺术以及哲学就有逃避现实的趋势，而中国的文学艺术与哲学尤其如此。

中国人现实方面的痛苦，这时正好利用它们来补偿。一想到至少在这些方面我们不弱于人，于是便有了安慰。说坏了，这是“鱼处于陆，相濡以湿，相嘘以沫”的自慰的办法。说好了，人就全靠这点不

① 原载1944年2月20日《云南日报》第2版“星期论文”栏。

肯绝望的刚强性，才能够活下去，活着奋斗下去。这是紧急关头的一帖定心剂。虽不彻底，却也有些暂时的效用。代表这种心理的人，虽不太强，也不太弱，惟其自知是弱，所以要设法“自卫”，但也没有弱到连“自卫”的意志都没有，所以还算相当的强，平情而论，这一类型的复古倾向，是未可厚非的。

（二）另一类型是带有报复意味的自尊心理，凡是与外人直接接触较多，自然也就饱尝屈辱经验的人，一方面因近代知识较丰富，而能虚心承认自己落后，另一方面，因为往往是社会各部门的领袖，所以有他们应有的骄傲和自尊心，然责任又教他们不能不忍重负辱，那种矛盾心理的压迫是够他们受的。压迫愈大，反抗也愈大。一旦机会来了，久经屈辱的自尊心是知道图报复的，于是紧跟着以抗战换来的民族荣誉和国家地位，便是甚嚣尘上的复古空气。前一类型的心理说我们也有不弱于人的地方，这一类型的简直说我们比他们高。这些人本来是强者，自大是强者的本色，民族荣誉和国家地位也实在来得太突然，教人不能不迷惑。依强者们看来，一种自然的解释，是本来我们就不是不如人，荣誉和地位是我们应得的。诚然——但是那种趾高气扬的神情总嫌有些不够大方罢！

（三）第三个类型的复古，与其说是自尊，无宁说是自卑，不少的外国朋友捧起中国来，直使我们茫然。要晓得西洋的人本性是浪漫好奇的，甚至是怪僻的，不料真有人盲从别人来捧自己，因而也大干起复古的勾当来。实在是这种复古以媚外的心理，也并不少见。

（四）如果第三种人是完全没有自己，第四种人便是完全为自己打算的。有的是以复古来掩饰自己不懂近代知识，多半的老先生们属于这一类，虽则其中少年老成的分子也不在少数。有的正相反，又以复古来掩饰自己不大懂线装书的内容，暴发户的“二毛子”属于这一类，虽则只读洋装书的堂堂学者们也有时未能免俗。至于有人专门搬弄些“假古董”在国际市场上吸收外汇，因而为对外推销的广告用，不得不响应国内的复古运动，那就不好批评了。

复古的心理是分析不完的。大致说来，最显著的不外上述的四类型。其中有比较可取的，有居心完全不可问的。纯粹属于某一类型的大概很少，通常是几种揉合错综起来的一个复杂体。说复古空气是最近新兴的现象，也不合事实。趋势早已在酝酿，不过最近似乎更表面化了一点。为什么最近才表面化？当然与抗战有关。历史在转向，转向时的心理是不会有平静。转得愈急，波动愈大，所以在这抗战期间，一面近代化的呼声最高，一面复古的空气也最浓厚。

就一般的人说，心理的波动，不足怪，但少数的知识和领导分子，却应该早已认清历史，拿定主意，游移虽不致改变历史，但是会延缓历史的进展，须知我们的时间和精力都不容浪费。

我们的民族和文化所以能存在到今天，自然有其生存的道理在，这道理并不像你所想的，在能保存古的，而是正相反，在能吸收新的。历史告诉我们，中国文化并不是一个单纯的，一成不变的文化，（如果是那样的，它就早完了。）最初东西夷夏两民族，分明代表着两个不同的文化。

如果你站在东方，以夷（殷人及东夷）为本位，那便是夷吸收了夏；如果站在西方，以夏（夏、周）为本位，那便是夏吸收了夷。但是这两个文化早已融合到一种程度，使得我们分辨不出谁是主，谁是客来。在血缘上，楚与北方夷夏二族的关系，究竟如何，现在还不知道。无论如何，在文化上，直至战国，他们还是被视为外国人的。逐渐的这一支文化也被吸收了，到了汉朝，南北又成了一家，分不出主客来。究竟谁是我们的“古”？严格的讲，殷的后裔孔子若要复古，文武周公就得除外，屈原若要复古，就得否认《三百篇》。从西周到战国，无疑是我们文化史中最光荣的一段，但从没有听说那时的人站在民族的立场上讲复古的。即便依你的说法，先秦北方的夷夏和南方的楚，在民族上还是一家，文化也不过是大同小异，不能和今天的情形相比。那么，打汉末开始的一整部佛教史又怎样呢？宋明人要讲复古，会有他们那“儒表佛里”的理学吗？会有他们那《西厢》《水浒》吗？还有一部清代的朴学史，也不能不承认是耶稣教士带来的西洋科学精神的赐予。以上都是极显而易见的历史事实，文化史上每放一次光，都是受了外来的刺激，而不是因为死抓着自己固有的东西。

不但中国如此，世界上多少文化都曾经因接触而交流，而放出异彩。凡是限于天然环境，不能与旁人接触，或有接触，而自己太傻太笨，不能，因此就不愿学习旁人的民族，没有不归于灭亡的。天然环境的限制，只要有决心，有勇气，还可以用人力来打开（例如我们的法显，玄奘，义净诸人的故事）。怕的是自己一味固执，不肯虚怀受善。其实那里是不肯，恐怕还是不能，不会罢！如果是这种情形，那就惨了。我深信我们今天的情形，不属于这一类，然而我仍然有点不放心。佛教思想与老庄本就有些相近，让我们接受佛教思想，比较容易。今天来的西洋思想确乎离我们太远，是不是有人因望而生畏，索性就提倡复古以资抵抗呢？幸而今天喜欢嚷嚷孔学，和哼哼歪诗的人，究竟不算太多，而青年人尤其少。

我得强调的声明，民族主义我们是要的，而且深信是我们复兴的根本。但民族主义不该是文化的闭关主义。我甚至相信正因我们要民族主义，才不应该复古。老实说，民族主义是西洋的产物，我们的所谓“古”里，并没有这东西。谈谈孔学，做做歪诗，结果只有把今天这点民族主义的萌芽整个毁掉完事。其实一个民族的“古”是在他们的血液里，像中国这样一个有悠久历史的民族，要取消它的“古”的成分，并不太容易。难的倒是怎样学习新的，因为我们在上文已经提过，文化是有惰性的，而愈老的文化，惰性也愈大。克服惰性是一件难事啊！

有人说，你太傻了，你忘了“儒表佛里”的理学家的道统是从文武周公算起的，而不从释迦牟尼算起，接受西洋科学精神的朴学，仍称为汉学，而不称西学。内容无妨接受人家，外表还得是自己的。这是面子问题，而面子也不能不顾。今天的复古，也可以作如是观。我但愿自己太傻，然而我又担心拥护复古的人们和我一样的傻。傻到真正言行一致。

家族主义与民族主义[①]

周初是我们历史的成年期，我们的文化也就在那时定型了。当时的社会组织是封建的，而封建的基础是家族，因此我们三千年来的文化，便以家族主义为中心，一切制度，祖先崇拜的信仰，和以孝为核心的道德观念等等，都是从这里产生的。与家族主义立于相反地位的一种文化势力，便是民族主义。这是我们历史上比较晚起的东西。在家族主义的支配势力之下，它的发展起初很迟钝，而且是断断续续的，直至最近五十年，因国际形势的刺激，才有显著的持续的进步。然而时代变得太快，目前这点民族意识的醒觉，显然是不够的。我们现在将三千年来家族主义与民族主义两个势力发展的情形，作一粗略的检讨，这对于今后发展民族主义许是应有的认识。

上文已经说过，建立封建制度的基础是家族制度。但封建制度的崩溃，也正由于它这基础。一个最强固的家族，是在它发展得不大不小的时候。太小固然不足以成为一个力量，太大则内部散漫，本身力量互相抵消，因此也不能成为一个坚强统一的有机体。封建的重心始终在中层的大夫阶级，理由便在此。重心在大夫，所以侯国与王朝必趋于削弱，以至制度本身完全解体。一方面封建制度下所谓国，既只是一群家的组合体，其重心在家而不在国，一方面国与国间的地理环

① 原载 1944 年 3 月 1 日昆明《中央日报》第 2 版“周中专论”栏。

境，既无十分难以打通的天然墙壁，而人文方面，尤其是文字的统一，处处都是妨碍任何一国发展其个别性的条件，因此在列国之间，类似民族主义的观念便无从产生。春秋时诚然喊过一度“尊王攘夷”的口号，但是那“夷”毕竟太容易“攘”了（有的还不待攘而自被同化），所以也没有逼出我们的民族主义来。我们一直在为一种以家族主义为基础的天下主义努力，那便是所谓“天下一家”的理想。到了秦汉，这理想果然实现了。就以家族主义为基础的精神看来，郡县只是抽掉了侯国的封建—— 一种阶层更简单，组织更统一，基础更稳固的封建制度，换言之，就是一种更彻底，更合理的家族主义的社会组织。汉人看清了这一点，索性就以治家之道治天下，而提倡孝，尊崇儒术。这办法一直维持了二千余年，没有变过，可见它对于维持内部秩序相当有效。可惜的是一个国家的问题不仅从内部发生，因而家族主义的作用也就有时而穷了。

自汉朝以孝行为选举人才的标准，渐渐造成汉末魏晋以来的门阀之风，于是家族主义更为发达。突然来临的五胡乱华的局面，不但没有刺激我们的民族主义，反而加深了我们的家族主义。因为当时的人是用家族主义来消极的抵抗外患。所以门阀之风到了六朝反而更盛，如果当时侵入的异族讲了民族主义，一意要胡化中国，我们的家族主义未尝不可变质为民族主义。无奈那些胡人只是学华语，改汉姓，一味向慕汉化，人家既不讲民族主义，我们的民族主义自然也讲不起来。一方面我们自己想借家族主义以抵抗异，一方面异族也用釜底抽薪的手段，附和我们的家族主义，以图应付我们，于是家族主义便愈加发达，而民族意识便也愈加消沉。再加上当时内侵的异族本身，在种族方面万分复杂，更使民族主义无从讲起。结果到了天宝之乱，几乎整个朝廷的文武百官，都为了保全身家性命，投降附逆了。一位“麻鞋见天子，衣袖露两肘”的诗人便算作了不得的忠臣，那时代的忠的观念之缺乏，真叫人齿冷！这大概是历史上民族意识最消沈的一个时期了。

然而唐初已开始设法破坏门阀，而轻明经，重进士的选举制度也在暗中打击拥护家族主义的儒家思想，这些措施虽未能立刻发生影响而消灭门阀观念，但至少中唐以下，十分不尽人情的孝行是不多见了。（韩愈辩讳便是孝的观念在改变中之一例。）这是历史上一个重要的转捩点。因为老实说，忠与孝根本是冲突的，若非唐朝先把孝的观念修正了，临到宋朝，无论遇到多大的外患，还是不会表现那么多忠的情绪的。孝让一步，忠才能进一步，忠孝不能两全，家族主义与民族主义不能并立，不管你愿意与否，这是铁的事实。

历史进行了三分之二的年代，到了宋朝，民族主义这才开始发芽，迟是太迟，但仍然是值得庆幸的。此后的发展，虽不是直线的，大体说来，还是在进步着。从宋以下，直到清末科举被废，历代皆以经义取士，这证明了以孝为中心思想的家族主义，依然在维持着它的历史的重要性。但蒙古满清以及最近异族的侵略，却不断的给予了我们民族主义发展的机会，而且每一次民族革命的爆发，都比前一次更为猛烈，意识也更为鲜明。由明太祖而太平天国，而辛亥革命，以至目前的抗战，我们确乎踏上了民族主义的路。但这条路似乎是扇形的，开端时路面很窄，因此和家族主义的路两不相妨，现在路面愈来愈宽，有侵占家族主义的路面之势，以至将来必有那么一天，逼得家族主义非大大让步不可。家庭是永远不能废的，但家族主义不能存在。家族主义不存在，则孝的观念也要大大改变，因此儒家思想的价值也要大大减低了。家族主义本身的好坏，我们不谈，它妨碍民族主义的发展是事实，而我们现在除了民族主义没有第二条路可走（因为这是到大同主义必经之路），所以我们非请它退让不可。

有人或许以为讲民族主义，必需讲民族文化，讲民族文化必须以儒家为皈依。因而便不得不替家族主义辩护，这似乎是没有认清历史的发展。而且中国的好东西至少不仅仅是儒家思想，而儒家思想的好处也不在其维护家族主义的孝的精神。前人提过“移孝作忠”的话，其实真是孝，就无法移作忠，既已移作忠，就不能再是孝了。倒是“忠孝不能两全”真正一语破的了。

从宗教论中西风格[①]

要说明中西人风格的不同，可以从种种不同的方面着眼，从宗教着眼，无疑是一个比较扼要的看法。所谓宗教，有广义的，有狭义的。狭义的讲来，中国人没有宗教，因此我们若能知道这狭义宗教的本质是什么，便也知道了中西风格不同之点在那里。至于是宗教造成了西洋人的性格，还是西洋人的性格产生了他们的宗教，那是一个鸡生蛋还是蛋生鸡的辩论，我们不去管它。目下我们要认清的一点，是宗教与西洋人的性格是不可分离的。

要确定宗教的本质是什么，最好是溯源到原始思想。生的意志大概是人类一切思想的根苗。人类生活愈接近原始时代，求生意志的强烈，与求生能力的薄弱，愈有形成反比例之势。但是能力愈薄弱，不仅不能减少意志的强烈性，反而增加了它。在这能力与意志不能配合的难关中，人类乃以主观的“生的意识”来补偿客观的“生的事实”之不足，换言之，因一心欲生，而生偏偏是不完整，不绝对的，于是人类便以“死的否认”来保证“生的真实”。这是人类思想史的第一页，也实在是一个了不得的发明。我们今天都认为死是一个千真万确的事实，原始人并不这样想。对于他们，死不过是生命途程中的另一阶段，这只看他们对祭祀态度的认真，便可知道。我们也可以说，他们

① 本原载 1944 年 4 月 23 日《生活导报》第 65 期。

根本没有死的观念，他们求生之心如此迫切，以至忽略了死的事实，而不自觉的做到了庄子所谓“以死生为一体”的至高境界。我说不自觉的，因为那不是庄子那般通过理智的道路然后达到的境界，理智他们绝对没有，他们只是一团盲目的求生的热欲，在热欲的昏眩中，他们的意识便全为生的观念所占据，而不容许那与生相反的死的观念存在，诚然，由我们看来，这是自欺。但是，要晓得对原始人类，生存是那样艰难，那样没有保障，如果没有这点生的信念，人类如何活得下去呢？所以我们说这人类思想史的第一页，是一个了不得的发明。

原始人类不承认死的事实，那不死简直是肉体的不死，这还是可以由他们对祭祀的态度证明的。但是知识渐开，他们终于不得不承认死是一个事实。承认了死，是否便降低了生的信念呢？那却不然。他们承认的是肉体的死，至于灵魂他们依然坚持是不会死的。以承认肉体的死为代价，换来了灵魂不死的信念，在实利眼光的人看来，是让步，是更无聊的自欺，在原始人类看来，却是胜利，因为他们认为灵魂的存在比肉体的存在还有价值，因此，用肉体的死换来了灵魂的不死，是占了便宜。总之他们是不肯认输，反正一口咬定了不死，讲来讲去，还是不死，甚至客观的愈逼他们承认死是事实，主观的愈加强了他们对不死的信念。他们到底为什么要这样倔强，这样执迷不悟？理智能力薄弱吗？但要记得这是理智能力进了一步，承认了肉体的死是事实以后的现象。看来理智的压力愈大，精神的信念跳得愈高。理智的发达并不妨碍生的意志，反而鼓励了它，使它创造出一个永生的灵魂。这是人类思想史的第二页，一个更荒唐，也更神妙的发明。

人类由自身的灵魂而推想到大自然的灵魂，本是思想发展过程中极自然的一步。想到这个大自然的灵魂实在就是人类自己的灵魂的一种投射作用，再想到这投射出去的自己，比原来的自己几乎是无限倍数的伟大，并又想到在强化生的信念与促进生的努力中，人类如何利用这投射出去的自己来帮助自己——想到这些复杂而纡回的步骤，更令人惊讶人类的“其愚不可及”，也就是他的其智不可及。如今人毕竟承认了自己无能，因为他的理智又较前更发达了一些，他认清了更多的客观事实，但是他就此认输了吗？没有。人是无能，他却创造了万能的神。万能既出自无能，那么无能依然是万能。如今人是低头了，但只向自己低头，于是他愈低头，自己的地位也愈高。你反正不能屈服他，因为他有着一个铁的生命意志，而铁是愈锤炼愈坚韧的。这人类思想史的第三页，讲理论，是愈加牵强，愈加支离，讲实用，却不能不承认是不可思议的神奇。

如果是以贿赂式的祭祀为手段，来诱致神的福佑或杜绝神的灾祸，或有时还不惜用某种恫吓式的手段，来要挟神做些什么或不做些什么——对神的态度，如果是这样，那便把神的能力看得太小了。人小看了神的能力其实也就是小看了自己的能力，严格的讲，可以恫吓与贿赂的手段来控制的对象，只能称之为妖灵或精物，而不是神，因之，这种信仰也只能算作迷信，而不是宗教。宗教崇拜的对象必须是一个至高无上的，神圣的，万能而慈爱的神，你向他只有无条件的依皈和虔诚的祈祷。你的神愈是全德与万能，愈见得你自己全德与万能，因为你的神就是你所投射出去的自身的影子。既然神就是像自己，所以他不妨是一个人格神，而且必然是一个人格神。神的形象愈像你自己，愈足以证明是你的创造。正如神的权力愈大，愈足以反映你自己权力之大。总之，你的神不能太不像你自己，不像你自己，便与你自己无关，他又不能太像你自己，太像你自己，便暴露了你的精神力量究竟有限。是一个不太像你，又不太不像你的全德与万能的人格神，不多不少，恰恰是这样一个信仰，才能算作宗教。

按照上述的宗教思想发展的程序和它的性质，我们很容易辨明中西人谁有宗教谁没有宗教。第一，关于不死的问题，中国人最初分明只有肉体不死的观念，所以一方面那样着重祭祀与厚葬，一方面还有长生不老和白日飞升的神仙观念。真正灵魂不死的观念，我们本没有，我们的灵魂观念是外来的，所以多少总有点模糊。第二，我们的神，在下层阶级里，不是些妖灵精物，便是人鬼的变相，因此都太像我们自己了，在上层阶级里，他又只是一个观念神而非人格神，因此又太嫌不像我们自己了。既没有真正的灵魂观念，又没有一个全德与万能的人格神，所以说我们没有宗教，而我们的风格和西洋人根本不同之处恐怕也便在这里。我们说死就是死，他们说死还是生，我们说人就是人，他们说不是，人是神。我们对现实屈服了，认输了，他们不屈服，不认输，所以他们有宗教而我们没有。

我们在上文屡次提到生的意志，这是极重要的一点，也许就是问题的核心。往往有人说弱者才需要宗教，其实是强者才能创造宗教来扶助弱者，替他们提高生的情绪，加强生的意志。就个人看，似乎弱者更需要宗教，但就社会看，强者领着较弱的同类，有组织的向着一个完整而绝对的生命追求，不正表现那社会的健康吗？宗教本身尽有数不完的缺憾与流弊，产生宗教的动机无疑是健康的。有人说西洋人的爱国思想和恋爱哲学，甚至他们的科学精神，都是他们宗教的产物，他们把国家，爱人和科学的真理都“神化”了，这话并不过分。至少我们可以说，产生他们那宗教的动力，也就是产生那爱国思想，恋爱哲学和科学精神的动力。不是对付的，将就的，马马虎虎的，在饥饿与死亡的边缘上弥留着的活着，而是完整的，绝对的活着，热烈的活着——不是彼此都让步点的委曲求全，所谓“中庸之道”式的，实在是一种虚伪的活，而是一种不折不扣的，不是你死我活，便是我死你活的彻底的，认真的活——是一种失败在今生，成功在来世的永不认输，永不屈服的精神。这便是西洋人的性格。这性格在他们的宗教中表现得最明显，因此也在清教徒的美国人身上表现得最明显。

人生如果仅是吃饭睡觉，寒暄应酬，或囤积居奇，营私舞弊，那许用不着宗教。但人生也有些严重关头，小的严重关头叫你感着不舒服，大的简直要你的命，这些时候来到，你往往感着没有能力应付它，其实还是有能力应付，因为人人都有一副不可思议的潜能。问题只在用一套什么手法把它动员起来。一挺胸，一咬牙，一转念头，潜能起来了，你便能排山倒海，使一切不可能的变为可能了。那不是技术，而是一种魔术。那便是宗教。中国人的办法，似乎是防范严重关头，使它不要发生，借以省却自己应付的麻烦。这在事实上是否可能，姑且不管，即使可能，在西洋人看来，多么泄气，多么没出息！他们甚至没有严重关头，还要设法制造它，为的是好从那应付的挣扎中得到乐趣。没事自己放火给自己扑灭，为的是救火的紧张太有趣了，如果救火不熄，自己反被烧死，那殉道者的光荣更是人生无上的满足！你说荒谬绝伦，简直是疯子！对了，你就是不会发疯，你生活里就缺少那点疯，所以你平庸，懦弱。人家在天上飞时，你在粪坑里爬！

中西风格的比较？你拿什么跟人家比？你配？尽管有你那一套美丽的名词，还是掩不住那渺小，平庸，怯懦，虚伪，掩不住你的小算盘，你的偷偷摸摸，自私自利，和一切的丑态。你的孝悌忠信，礼义廉耻，和你古圣先贤的什么哲学只令人作呕，我都看透了！你没有灵魂，没有上帝的国度，你是没有国家观念的一盘散沙，一群不知什么是爱的天阉（因此也不知什么是恨），你没有同情，也没有真理观念。然而你有一点鬼聪明，你的蕃殖力很大。因为聪明所以会鼠窃狗偷——营私舞弊，囤积居奇。因为蕃殖力大，所以让你的同类成千成万的裹在清一色的破棉袄里，排成番号，吸完了他们的血，让他们饿死，病死……这是你的风格，你的仁义道德！你拿什么和人家比！

没有宗教的形式不要紧。只要有产生宗教的那股永不屈服，永远向上追求的精神，换言之，就是那铁的生命意志，有了这个，任凭你向宗教以外任何方向发展都好，怕的是你这点意志，早被瘪死了，因此除了你那庸俗主义的儒家哲学以外，不但宗教没有，旁的东西也没有。更可怕的是宗教到你手里，也变成了庸俗，虚伪，和鼠窃狗偷的工具。怕的是你只存在，而没有生活，因为你的生命的前提是败北主义，和你那典型的口号“没有办法！”于是你只好嘲笑，说俏皮话。是啊，你有聪明，有蕃殖力，所以你可以存在，（耗子苍蝇不也存在吗？）但你没有生活，因为我看透了你，你打头就承认了死是事实，那证明了你是怕死的。惟其怕死，所以你也怕生，你这没出息的“四万万五千万”！

五四历史座谈[①]

时间——三十三年五月三日晚

地点——联大新舍南区十号教室

刚才周炳琳先生报告了五四时候北大的情形，五四运动的中心是在北大，而清华是在城外，五三那天的会不能够去参加。（记者按：周炳琳先生方才说到五三晚上北大学生集会于北大第三院大礼堂，决定次日的游行示威。）至于后来的街头演讲，清华倒干得很起劲，一千多人被关起来，其中有许多是清华的。我那时候呢？也是因为喜欢弄弄文墨，而在清华学生会里当文书。我想起那时候的一件呆事，也是表示我文人的积习竟有这样深：五四的消息传到了清华，五五早起，清华的食堂门口出现了一张岳飞的《满江红》，就是我在夜里偷偷地去贴的。所以我今天看了许多同学的壁报，觉得我那时候贴的东西真太不如今天你们的壁报了。我一直在学校里管文件，没有到城里参加演讲，除了有一次是特殊的之外。那年暑假到上海开学生总会，周先生（炳琳）代表北大，我代表清华到上海听过中山先生的演讲，我的记忆极坏，此外没有甚么事实可以报告，只知道当时的情绪，就像我的贴《满江红》吧！

① 原载《大路》第 5 期。

方才张先生说五四是思想革命是正中下怀，（记者按：张奚若先生说到："辛亥革命是形式上的革命，五四则是思想革命。"）但是你们现在好像是在审判我，因为我是在被革的系——中文系里面的。但是我要和你们里应外合！张先生说现在精神解放已走入歧途，我认为还是太客气的说法，实在是整个都走回去了！是开倒车了！现在有些人学会了新名词，拿他来解释旧的，说外国人有的东西我国老早就都有啦！我为什么教中国文学系呢？五四时代我受到的思想影响是爱国的，民主的，觉得我们中国人应该如何团结起来救国。五四以后不久，我出洋，还是关心国事，提倡 Nationalism，不过那是感情上的，我并不懂得政治，也不懂得三民主义，孙中山先生翻译 Nationalism 为民族主义，我以为这是反动的。回国以后在好几次的集会中曾经和周先生站在相反的立场。其实现在看起来，那是相同的，周先生：你说是不是？我在外国所学的本来不是文学，但因为这种 Nationalism 的思想而注意中文，忽略了功课，为的是使中国好，并且我父亲是一个秀才，从小我就受《诗》云子曰的影响。但是愈读中国书就愈觉得他是要不得的，我的读中国书是要戳破他的疮疤，揭穿他的黑暗，而不是去捧他。我是幼稚的，但要不是幼稚的话，当时也不会有五四运动了。青年人是幼稚的，重感情的，但是青年人的幼稚病，有时并不是可耻的，尤其是在一个启蒙的时期，幼稚是感情的先导，感情一冲动，才能发出力量。所以有人怕他们矫枉过正，我却觉得更要矫枉过正，因为矫枉过正才显得有力量。当时要打倒孔家店，现在更要打倒，不过当时大家讲不出理由来，今天你们可以来请教我，我念过了几十年的《经》书，愈念愈知道孔子的要不得，因为那是封建社会底下的，封建社会是病态的社会，儒学就是用来维持封建社会的假秩序的。他们要把整个社会弄得死板不动，所以封建社会的东西全是要不得的。我相信，凭我的读书经验和心得，他是实在要不得的。中文系的任务就是要知道他的要不得，才不至于开倒车。但是非中文系的人往往会受父辈《诗》云子曰的影响，也许在开倒车……负起五四的责任是不容易的，因为人家不许我们负呀！这不是口头说说的，你在行为上的小地方是会处处反映出孔家店的。

关于儒·道·土匪[①]

医生临症，常常有个观望期间，不到病势相当沉重，病象充分发作时，正式与有效的诊断似乎是不可能的。而且，在病人方面，往往愈是痼疾，愈要讳疾忌医，因此恐怕非等到病势沉重，病象发作，使他讳无可讳，忌无可忌时，他也不肯接受诊断。

事到如今，我想即使是最冥顽的讳疾忌医派，如钱穆教授之流，也不能不承认中国是生着病，而且病势的严重，病象的昭著，也许赛过了任何历史记录。惟其如此，为医生们下诊断，今天才是最成熟的时机。

向来是“旁观者清”，无怪乎这回最卓越的断案来自一位英国人。这是韦尔斯先生观察所得：

> 在大部分中国人的灵魂里，斗争着一个儒家。一个道家。一个土匪。（《人类的命运》）

为了他的诊断的正确性，我们不但钦佩这位将近八十高龄的医生，而且感激他，感谢他给我们查出了病源，也给我们至少保证了半个得救的希望，因为有了正确的诊断，才谈得到适当的治疗。

① 原载1944年7月20日昆明《中央日报》第二版“周中专论”栏。

但我们对韦尔斯先生的拥护，不是完全没有保留的，我认为假如将“儒家、道家、土匪”，改为“儒家、道家、墨家”，或“偷儿、骗子、土匪”，这不但没有损害韦氏的原意，而且也许加强了它，因为这样说话，可以使那些比韦氏更熟悉中国历史和文化的人，感着更顺理成章点，因此也更乐于接受点。

先讲偷儿和土匪，这两种人作风的不同，只在前者是巧取，后者是豪夺罢了。“巧取豪夺”这成语，不正好用韩非的名言“儒以文乱法，侠以武犯禁”来说明吗？而所谓侠者不又是堕落了的墨家吗？至于以“骗子”代表道家，起初我颇怀疑那徽号的适当性，但终于还是用了它。“无为而无不为”也就等于说：无所不取，无所不夺。而看去又像是一无所取，一无所夺，这不是骗子是什么？偷儿，骗子，土匪是代表三种不同行为的人物，儒家，道家，墨家是代表三种不同的行为理论的人物，尽管行为产生了理论，理论又产生了行为，如同鸡生蛋，蛋生鸡一样，但你既不能说鸡就是蛋，你也就不能将理论与行为混为一谈。所以韦尔斯先生叫儒家，道家和土匪站作一排，究竟是犯了混淆范畴的逻辑错误。这一点表过以后，韦尔斯先生的观察，在基本意义上，仍不失为真知灼见。

就历史发展的次序说，是儒，墨，道。要明白儒墨道之所以成为中国文化的病，我们得从三派思想如何产生讲起。

由于封建社会是人类物质文明成熟到某种阶段的结果，而它自身又确乎能维持相当安定的秩序，我们的文化便靠那种安定而得到迅速的进步，而思想也便开始产生了。但封建社会的组织本是家庭的扩大，而封建社会的秩序是那家庭中父权式的以上临下的强制性的秩序，它的基本原则至多也只是强权第一，公理第二。当然秩序是生活必要的条件，即便是强权的秩序，也比没有秩序好。尤其对于把握强权，制定秩序的上层阶级，那种秩序更是绝对的可宝。儒家思想便是以上层阶级的立场所给予那种秩序的理论的根据。然而父权下的强制性的秩序，毕竟有几分不自然，不自然的便不免虚伪，虚伪的秩序终久必会露出破绽来，墨家有见于此，想以慈母精神代替严父精神来维持秩序，无奈秩序已经动摇后，严父若不能维持，慈母更不能维持，儿子大了，父亲管不了，母亲更管不了，所以墨家之归于失败，是势所必然的。

墨家失败了，一气愤，自由行动起来，产生所谓游侠了，于是秩序便愈加解体了。秩序解体以后，有的分子根本怀疑家庭存在的必要，甚咒诅家庭组织的本身，于是独自逃掉了，这种分子便是道家。

一个家庭的黄金时代，是在夫妇结婚不久以后，有了数目不太多的子女，而子女又都在未成年的期间。这时父亲如果能够保持着相当丰裕的收入，家中当然充满一片天伦之乐，即令不然，儿女人数不多，只要分配得平均，也还可以过得相当快乐，万一分配不太平均，反正儿女还小，也不至闹出大乱子来。但事实是一个庞大的家庭，儿女太多，又都成年了，利害互相冲突，加之分配本来就不平均，父亲年老力衰，甚至已经死了，家务由不很持平的大哥主持，其结果不会好，是可想而知了，儒家劝大哥一面用父亲在天之灵的大帽子实行高压政策，一面叫大家以黄金时代的回忆来策励各人的良心，说是那样，当年的秩序和秩序中的天伦之乐，自然会恢复。他不晓得当年的秩序，本就是一个暂时的假秩序，当时的相安无事，是沾了当时那特殊情况的光，于今情形变了，自然会露出马脚来，墨家的母性的慈爱精神不足以解决问题，原因也只在儿女大了，实际的利害冲突，不能专凭感情来解决，这一层前面已经提到。在这一点上，墨家犯的错误，和儒家一样，不过墨家确乎感觉到了那秩序中分配不平均的基本症结，这一点就是他后来走向自由行动的路的心理基础。墨家本意是要实现一个以平均为原则的秩序，结果走向自由行动的路，是破坏秩序。只看见破坏旧秩序，而没有看见建设新秩序的具体办法，这是人们所痛恶的，因为，正如前面所说的，秩序是生活的必要条件。尤其是中国人的心理，即令不公平的秩序，也比完全没有秩序强。

这里我们看出了墨家之所以失败，正是儒家之所以成功。至于道家因根本否认秩序而逃掉，这对于儒家，倒因为减少了一个掣肘的而更觉方便，所以道家的遁世实际是帮助了儒家的成功。因为道家消极的帮了儒家的忙，所以儒家之反对道家，只是口头的，表面的，不像他对于墨家那样的真心的深恶痛绝。因为儒家的得势，和他对于墨道两家态度的不同，所以在上层阶级的士大夫中，道家还能存在，而墨家却绝对不能存在。墨家不能存在于士大夫中，便一变为游侠，再变为土匪，愈沉愈下了。

捣乱分子墨家被打下去了，上面只剩了儒与道，他们本来不是绝对不相容的，现在更可以合作了。合作的方案很简单。这里恕我曲解一句古书，《易经》说“肥遁，无不利”，我们不妨读肥为本字。而把“肥遁”解为肥了之后再遁，那便是说一个儒家做了几任“官”，捞得肥肥的，然后撒开腿就跑，跑到一所别墅或山庄里，变成一个什么居士，便是道家了。——这当然是对己最有利的办法了。甚至还用不着什么实际的“遁”，只要心理上念头一转，就身在宦海中也还是遁，所谓“身在魏阙，心在江湖”，和“大隐隐朝市”者，是儒道合作中更高一层的境界。在这种合作中，权利来了，他以儒的名分来承受，义务来了，他又以道的资格说，本来我是什么也不管的，儒道交融的妙用，真不是笔墨所能形容的，在这种情形之下，称他们为偷儿和骗子，能算冤曲吗？

“成则为王，败则寇”，“窃钩者诛，窃国者侯”，这些古语中所谓王侯如果也包括了“不事王侯，高尚其事”的道家，便更能代表中国的文化精神。事实上成语中没有骂到道家，正表示道家手段的高妙。讲起穷凶极恶的程度来，土匪不如偷儿，偷儿不如骗子，那便是说墨不如儒，儒不如道，韦尔斯先生列举三者时，不称墨而称土匪，也许因为外国人到中国来，喜欢在穷乡僻壤跑，吃土匪的亏的机会特别多，所以对他们特别深恶痛绝。在中国人看来，三者之中，其实土匪最老实，所以也最好防备。从历史上看来，土匪的前身墨家，动机也最光明。如今不但在国内，偷儿骗子在儒道的旗帜下，天天剿匪，连国外的人士也随声附和的口诛笔伐，这实在欠公允，但我知道这不是韦尔斯先生的本意，因为知道在他们本国，韦尔斯先生的同情一向是属于那一种人的。

话说回来，土匪究竟是中国文化的病，正如偷儿骗子也是中国文化的病。我们甚至应当感谢韦尔斯先生在下诊断时，没有忘记土匪以外的那两种病源——儒家和道家。韦尔斯先生用《春秋》的书法，将儒道和土匪并称，这是他的许多伟大贡献中的又一个贡献。

组织民众与保卫大西南[①]

民国三十三年昆明各界双十节纪念大会演讲词

诸位！我们抗战了七年多，到今天所得的是什么？眼看见盟国都在反攻，我们还在溃退，人家在收复失地，我们还在继续失地。虽然如此，我们还不警惕，还不悔过，反而涎着脸皮跟盟友说："谁叫你们早不帮我们，弄到今天这地步！"那意思仿佛是说："现在是轮着你要胜利了，我偏败给你瞧瞧！"这种无赖的流氓意识的表现，究竟是给谁开玩笑！溃退和失地是真不能避免的吗？不是有几十万吃得顶饱，斗志顶旺的大军，被另外几十万喂得也顶好，装备得顶精的大军监视着吗？这监视和被监视的力量，为什么让他们冻结在那里？不拿来保卫国土，抵抗敌人？原来打了七年仗，牺牲了几千万人民的生命，数万万人民的财产，只是陪着你们少数人闹意气的？又是给谁开的玩笑！几个月的工夫，郑州失了，洛阳失了，长沙失了，衡阳失了，现在桂林又危在旦夕，柳州也将不保，整个抗战最后的根据地——大西南受着威胁，如今谁又能保证敌人早晚不进攻贵阳，昆明，甚至重庆？到那时，我们的军队怎样？还是监视的监视，被监视的被监视吗？到那时我们的人民又将怎样，准备乖乖的当顺民吗？还是撒开腿逃？逃又逃到那里去？逃出去了又怎么办？诸位啊！想想，这都是你们自己

① 原载1944年10月22日昆明《真报·评论周刊》第16期。

的事啊！国家是人人自己的国家，身家性命是人人自己的身家性命，自己的事为甚么要让旁人摆布，自己还装聋作哑！谁敢掐住你们的脖子！谁有资格不许你们讲话！用人民的血汗养的军队，为什么不拿出来为人民抵抗敌人？以人民的子弟组成的队伍，为什么不放他们来保卫人民自己的家乡？我们要抗议！我们要叫喊！我们要愤怒！我们的第一个呼声是：拿出国家的实力来保卫大西南，这抗战的最后根据地的大西南！

但是，今天站在人民的立场，我们一方面固然应当向政府及全国呼吁，另一方面我们也得认清我们人民自身的责任与力量。对于保卫大西南，老实说，政府的决心是一回事，他的能力又是一回事。郑州洛阳长沙衡阳的往事太叫我们痛心了，保卫国土最后的力量恐怕还在我们人民自己的身上。一切都有靠不住的时候，最可靠的还是我们人民自己。而我们自己的力量，你晓得吗？如果善于发挥，善于利用，是不可想象的强大呀！今天每一个中国人，以他人民的身分，对于他自己所在的。一块国土，都应尽其保卫的责任，也尽有保卫的方法。我们这些在昆明的人无论本省的或外来的，对于我们此刻所在的这块国土——昆明市，在万一他遭受进攻时，自然也应善用我们自己的方法来尽我们自己的责任。诸位，昆明在抗战中的重要性，不用我讲，保卫昆明即所以保卫云南，保卫云南即所以保卫大西南，保卫大西南即所以保卫中国，不是吗？

在今天的局势下，关于昆明的前途，大概有三种看法，每种看法代表一种可能性。第一种是敌人不来，第二种是来了被我们打退，第三种是不幸我们败了，退出昆明。第一种，客观上即会有多少可能性，我们也不应该作那打算，果然那样，老实说，那你就太没有出息了！我们应该用奋发的心情准备迎接敌人的进攻，并且立志把他打退，万一不能，也要逼他付出相当代价，再作有计划的，有秩序的荣誉的退却。然后走到敌后，展开游击战争，给敌人以经常的扰乱与破坏，一方面发动并组织民众，使他成为坚强的自卫力量，以便配合着游击军。等盟国发动反攻时，我们便以地下军的姿态，卷土重来，协同他们作战以至赶走敌人，完成我们的最后胜利。我们得准备前面所说的第二种，甚至干脆的就是第三种可能的局面，我们得准备迎接一个最黑暗的时期，然后从黑暗中，用我们自发的力量创造出光明来！这是一个梦，一个美梦。可是你如果不愿意实现这个梦，另外一个梦便在等着你，那是一个恶梦。恶梦中有两条路，一条是留在这里当顺民，准备受无穷的耻辱。一条是逃，但在还没有逃出昆明城郊时，就被水泄不通的混乱的人群车马群挤死，踏死，辗死，即使逃出了城郊，恐怕走不到十里二十里就被盗匪戳死，打死，要不然十天半月内也要在途中病死饿死。……衡阳和桂林撤退的惨痛故事，我们听够了，但昆明如有撤退的一天，那惨痛的程度，不知道还要几十倍几百倍于衡阳桂林！诸位，你能担保那惨痛的命运不落到你自己头上来吗？恶梦中的两条路，一条是苟全性命来当顺民，那样可以说是一种“不自由的生”，另一条是因不当顺民就当难民，那样又可说是一种“自由的死”。但是，诸位试想为什么必得是：要不死便得不自由，要自由就得死？自由和生难道是宿命的仇敌吗？为什么我们不能有“自由的生”！是呀！到“自由的生”的路就是我方才讲的那个美梦啊！敌人可能给我们选择的是不自由和死，假如我们偏要自由和生，我们便得到了自由的生，这便叫作“置之死地而后生”。

诸位，记住我们人民始终是要抗战到底的，万一敌人进攻，万一少数人为争夺权利闹意气而不肯把实力拿出来抵抗敌人，我们也有我们的办法。不要害怕，不管人家怎样，我们人民自始至终是有决心的，而有决心自然会有办法的。还要记住昆明在国际间“民主堡垒”的美誉，我们从今更要努力发扬民主自由的精神。那一天我们的美梦完成了，我们从黑暗中造出光明来了，到那时中国才真不愧四强之一。强在那里？强在我们人民，强在我们人民呀！今天政府不给人民自由，是他不要人民，等到那一天，我们人民能以自力更生的方式强起来了，他自然会要我们的。那时我们可以骄傲的对他说："我们可以不靠你，你是要靠我们的呀！"那便是真正的民主！我们今天要争民主，我们便当赶紧组织起来，按照实现那个美梦的目标组织起来，因为这组织工作的本身便是民主，有了这个基础，我们便更有资格，更有力量来争取更普遍的，完整的和永久的民主政治。

在鲁迅逝世八周年纪念会上的讲话①

有些人死去，尽管闹得十分排场，过了没有几天，就悄悄地随着时间一道消逝了，很快被人遗忘了。有的人死去，尽管生前受到很不公平的待遇，但时间越过的久，形象却越加光辉，他的声名却越来越伟大。我想，我们大家都会同意，鲁迅是经受得住时间考验的一位光辉伟大的人物。因为他对中华民族的文化事业留下了宝贵的遗产。他是中国历史上最伟大的文学家。

鲁迅生前所处的环境异常危险，他是一个被“通缉”的“罪犯”！但是他无所畏惧，本着有一分热，发一分光的精神，他勇敢、坚决地做他自己认为应做的事，在文化战线上打着大旗冲锋陷阵，难怪有的人为什么那么恨他！

鲁迅在日本留学，住在十里洋场的上海，他和洋人，和大官打过不少交道。但他对帝国主义，对买办大亨，对当权人物，没有丝毫的奴颜媚骨，宁可流亡受苦，也不妥协。鲁迅之所以伟大，之所以能写出那么多伟大的作品，和他这种高尚的人格是分不开的，学习鲁迅，我想先得学习他这种高尚的人格。

有人不喜欢鲁迅，也不让别人喜欢，因为嫌他说话讨厌，所以不准提到鲁迅的名字。也有人不喜欢鲁迅，倒愿意常常提到鲁迅的名

---

① 录自王康著、湖北人民出版社1979年5月出版的《闻一多传》。王康记录整理。

字，是为了骂骂鲁迅。因为，据说当时一旦鲁迅回骂就可以出名。现在，也可以对某些人表明自己的“忠诚”。前者可谓之反动，后者只好叫做无耻了。其实，反动和无耻本来也是分不开的。

除了这样两种人，也还有一种自命清高的人，就象我自己这样的一批人。从前我们住在北平，我们有一些自称“京派”的学者先生，看不起鲁迅，说他是“海派”。就是没有跟着骂的人，反正也是不把“海派”放在眼上的。现在我向鲁迅忏悔：鲁迅对，我们错了！当鲁迅受苦受害的时候，我们都正在享福，当时我们如果都有鲁迅那样的骨头，那怕只有一点，中国也不至于这样了。

骂过鲁迅或者看不起鲁迅的人，应该好好想想，我们自命清高，实际上是做了帮闲帮凶！如今，把国家弄到这步田地，实在感到痛心！现在，不是又有人在说什么闻 ×× 在搞政治了，在和搞政治的人来往啦，以为这样就能把人吓住，不敢搞了，不敢来往了。可是时代不同了，我们有了鲁迅这样的好榜样，还怕什么？纪念鲁迅，我想应该正是这样。

什么是儒家[①]

——中国士大夫研究之一

“无论在任何国家”，伊里奇在他的《国家论》里说，“数千年间全人类社会的发展，把这发展的一般的合法则性，规则性，继起性，这样的指示给我们了：即是，最初是无阶级社会——贵族不存在的太古的，家长制的，原始的社会；其次是以奴隶制为基础的社会，奴隶占有者的社会。……奴隶占有者和奴隶是最初的阶级分裂。前一集团不仅占有生产手段——土地，工具（虽然工具在那时是幼稚的），而且还占有了人类。这一集团称为奴隶占有者，而提供劳动于他人的那些劳苦的人们便称为奴隶。”中国社会自文明初发出曙光。即约当商盘庚时起，便进入了奴隶制度的阶段，这个制度渐次发展，在西周达到它的全盛期，到春秋中叶便成强弩之末了，所以我们可以概括的说，从盘庚到孔子，是我们历史上的奴隶社会期。但就在孔子面前，历史已经在剧烈的变革着，转向到另一个时代，孔子一派人大声急呼，企图阻止这一变革，然而无效。历史仍旧进行着，直至秦汉统一，变革的过程完毕了，这才需要暂时休息一下。趁着这个当儿，孔子的后学们，以董仲舒为代表，便将孔子的理想，略加修正，居然给实现了。在长时期变革过程的疲惫后，这是一帖理想的安眠药，因为这安眠药

---

① 原载 1945 年 1 月 13 日昆明《民主周刊》第 1 卷第 5 期。

的魔力，中国社会便一觉睡了两千年，直到孙中山先生才醒转一次。孔子的理想既是恢复奴隶社会的秩序，而董仲舒是将这理想略加修正后，正式实现了，那么，中国社会，从董仲舒到中山先生这段悠长的期间，便无妨称为一个变相的奴隶社会。

董仲舒的安眠药何以有这大的魔力呢？要回答这问题，还得从头说起。相传殷周的兴亡是仁暴之差的结果，这所谓仁与暴分明代表着两种不同的奴隶管理政策。大概殷人对于奴隶榨取过渡，以至奴隶们“离心离德”而造成“前途倒戈”的后果，反之，周人的榨取比较温和，所以能一方面赢得自己奴隶的“同心同德”，一方面又能给太公以施行“阴谋”的机会，教对方的奴隶叛变他们自己的主人。仁与暴是漂亮的名词，实际只是管理奴隶的方法有的高明点，有的笨点罢了。周人还有个高明的地方，那便是让胜国的贵族管理胜国的奴隶。《左传》定四年说：“周公相王室，分鲁公以……殷民六族……使帅其宗氏，辑其分族，将其类丑，……使之职事于鲁，……分之土田陪敦（附庸，即仆庸），祝宗卜史，备物典策，官司彝器。……分康叔以……殷民七族。……”这些殷民六族与七族便是胜国投降的贵族，那些“备物典策，官司彝器”的“祝宗卜史”便是后来所谓“儒士”——寄食于贵族的智识分子。让贵族和智识分子分掌政教，共同管理自己的奴隶（附庸），这对奴隶们和奴隶占有者（周人）双方都有利的，因为以居间的方式他们可以缓和主奴间的矛盾，他们实在做了当时社会机构中的一种缓冲阶层。后来胜国贵族们渐趋没落，而儒士们因有特殊智识和技能，日渐发展成一种宗教文化的行帮企业，兼理着下级行政干部的事务，于是缓冲阶层便为儒士们所独占了（当然也有一部分没落的胜国贵族，改业为儒，加入行帮的）。

明白了这种历史背景，我们就可以明白儒家的中心思想。因为儒家是一个居于矛盾的两极之间的缓冲阶层的后备军，所以他们最忌矛盾的统一，矛盾统一了，没有主奴之分，便没有缓冲阶层存在的余地。他们也不能偏袒某一方面，偏袒了一方，使一方太强，有压倒对方的能力，缓冲者也无事可做。所谓“君子和而不同”，便是要使上下在势均力敌的局面中和平相处，而切忌“同”于某一方面，以致动摇均势。因为动摇了均势，便动摇自己的地位啊！儒家之所以不能不讲中庸之道，正因他是站在中间的一种人。中庸之道，对上说，爱惜奴隶，便是爱惜自己的生产工具，也便是爱惜自己，所以是有利的；对下说，反正奴隶是做定了，苦也就吃定了，只要能少吃点苦就是幸福，所以也是有利的。然而中庸之道，最有利的，恐怕还是那站在中间，两边玩弄，两边镇压，两边劝谕，做人又做鬼的人吧！孔子之所以宪章文武，尤其梦想周公，无非是初期统治阶级的奴隶管理政策，符合了缓冲阶层的利益，所谓道统者，还是有其社会经济意义的。

可是切莫误会，中庸决不是公平。公平是从是非观点出发的，而中庸只是在利害上打算盘。主奴之间还讲什么是非呢？如果是要追究是非，势必牵涉到奴隶制度的本身，如果这制度本身发生了问题，哪里还有什么缓冲阶层呢？显然的，是非问题是和儒家的社会地位根本相抵触的。他只能一面主张“成事不说，遂事不谏，既往不咎”，一面用正名（君君臣臣，父父子子）的理论，维持现有的秩序（既成事实），然后再苦口婆心的劝两面息事宁人，马马虎虎，得过且过。我疑心“中庸”之庸字，也就是“附庸”之庸字，换言之，“中庸”便是中层或中间之佣。自身既也是一种佣役（奴隶），天下哪有奴隶支配主人的道理？所以缓冲阶层的直正任务，也不过是恳求主子刀下留情，劝令奴才忍重负辱，“执中无权，犹执一也”，天秤上的码子老是向重的一头移动着，其结果，“中庸”恰恰是“不中庸”。可不是吗？“爵禄可辞也，白刃可蹈也，中庸不可能也”！果然你辞了爵禄，蹈了白刃，那于主人更方便（因为把劝架的人觖决了，奴才失去了掩蔽，主人可以更自由的下毒手），何况爵禄并不容易辞，白刃更不容易蹈呢？实际上缓冲阶层还是做了帮凶，“季氏富于周公，而求也为了聚敛而附益之，”冉求的作风实在是缓冲阶层的惟一出路。孔子喝令“小子鸣鼓而攻之”！是冤枉了冉求，因为孔子自己也是“三月无君则皇皇如也”的，冉求又怎能饿着肚子不吃饭呢！

但是，有了一个建筑在奴隶生产关系上的社会，季氏便必然要富于周公，冉求也必然要为之聚敛，这是历史发展的一定的法则。这法则的意义是什么呢？恰恰是奴隶社会的发展促成了奴隶社会的崩溃。缓冲阶层既依存于奴隶社会，那么冉求之辈替主人聚敛，也就等于替缓冲阶层自掘坟墓。所以毕竟是孔子有远见，“留得青山在，不怕没柴烧”，冉求是自己给自己毁坏青山啊！然而即令是孔子的远见也没有挽回历史。这是命运的作剧吧？做了缓冲阶层，其势不能帮助上头聚敛，不聚敛，阶层的地位便无法保持，但是聚敛得来使整个奴隶社会的机构都要垮台，还谈得到什么缓冲阶层呢？所以孔子的呼吁如果有效，青山不过是晚坏一天，自己便多烧一天的柴，如果无效，青山便坏得更早点，自己烧柴的日子也就有限了，孔子的见地远是远点，但比起冉求，也不过是“以百步笑五十步”而已。结果，历史大概是沿着冉求的路线走的，连比较远见的路线都不会蒙它采纳，于是春秋便以高速度的发展转入了战国，儒家的理想，非等到董仲舒是不能死灰复燃的。

话又说回来了，儒家思想虽然必需等到另一时代，客观条件成熟，才能复活，但它本身也得有其可能复活的主观条件，才能真正复活，否则便有千百个董仲舒，恐怕也是枉然。儒家思想，正如上文所说，是奴隶社会的产物，而它本身又是拥护奴隶社会的。我们都知道，奴隶社会是历史必须通过的阶级（它本身是社会进步的果，也是促使社会进步的因）。既然必须通过，当然最好是能过得平稳点，舒服点。文武周公所安排的，孔子所发表的奴隶社会，因为有了那缓和的榨取政策，和为执行这政策而设的缓冲阶层，它确乎是一比较舒服的社会，因为舒服，所以自从董仲舒把它恢复了，二千年的历史在它的怀抱中睡着了。

诚然，董仲舒的儒家不是孔子的儒家，而董仲舒以后的儒家也不是董仲舒的儒家，但其为儒家则一，换言之，他们的中心思想是一贯的。二千年来士大夫没有不读儒家经典的，在思想上，他们多多少少都是儒家，因此，我们了解了儒家，便了解了中国士大夫的意识观念。如上文所说，儒家思想是奴隶社会的产物，然则中国士大夫的意识观念是什么，也就值得深长思之了！

五四运动的历史法则[①]

大家都知道，近百年来，中国社会是处于一种半封建性半殖民地性的状态中。封建的主人地主官僚与殖民国的主人帝国主义，这两个势力之能够同时并存于我们这里，已经说明了它们之间的一种奇异的关系，一种相反而又相成，相克而又相生的矛盾关系。在剥削人民的共同目的上。它们利害相同，所以能够互相结合，互相维护，同时分赃不匀又使它们利害冲突而不能不互相龃龉。然而它们却不能决裂。因为，它们知道，假如帝国主义独占了中国，任凭它的武器如何锋利，民族的仇恨会梗塞着它的喉头，使它不能下咽，假如封建势力垄断了中国，那又只有加深它自己的崩溃，以致在人民革命势力之前，加速它自己的灭亡。总之，被压迫被榨取的，究竟是“人”，而人是有反抗性的，反抗而团结起来，便是力量，不是民族的力量，便是民主的力量，这些对于帝国主义或封建势力，都是很讨厌的东西。于是他们想好分工合作，让地主官僚出面执行榨取的任务，以缓和民族仇恨。（这是帝国主义借刀杀人！）让帝国主义一手把着枪炮，一手提着钱袋，站在背后保镖，以软化民主势力（这是地主官僚狗仗人势！）。它们是聪明的，因为，虽然它们的欲壑都有着垄断性与排他性，它们却都愿意极力克制这些，彼此互相包容，互相照顾，互相妥协，而相

① 原载1945年5月10日昆明《民主周刊》第1卷第20期。

安于一种近乎均势的状态中。果然，愈是这样，它们的寿命愈长，那就是说，惟其是半封建，半殖民地，中国人民的解放才愈难实现。

可是，帝国主义和封建势力的寿命偏是不能长，而中国人民毕竟非解放不可！基于资本主义国家间内在的矛盾，帝国主义对中国的威力大大的受了制约，矛盾尖锐化到某种程度，使它们自相火拼起来，帝国主义就得暂时退出中国。帝国主义退出了中国，人民的对手便由两个变成一个，这便好办了！只要能让人民和封建势力以一比一的力量来决斗，最后胜利定属于人民。我说最后胜利，因为一上来，封建势力凭了它那优势的据点和优势的武器，确乎来势汹汹，几乎有全盘胜利的把握。但它究竟是过了时的乏货，内部的腐化将逼得它最后必需将据点放弃，武器交出，而归于失败。五四运动及其前前后后，便是这个历史事实的具体说明。

一九一四年以前，活动于中国这个政治经济战场上的，是一种三角斗争，包括（一）各个字号的帝国主义，（二）以袁世凯为中心的封建残余势力，以及（三）代表人民力量的市民层民主革命的两股潜伏势力：（甲）国民党政治集团，（乙）北京大学文化集团。那时三个力量中，帝国主义势焰最大，封建势力仅次于帝国主义，政治上代表人民愿望的国民党，几乎是在苟延残喘的状态中保持着一线生机，至于作为后来文化革命据点的北京大学，在政治意义上，更是无足轻重，但等一九一四年，欧洲诸帝国主义国家内在的矛盾，尖锐化到不能不爆发为第一次世界大战，中国的情形便大变了。欧洲列强，不论是协约国或同盟国。为着忙于上前线进攻，或在后方防守，忽然都退出了中国。欧洲帝国主义退出了，中国社会的本质，便立时由半封建半殖民地，变为约当于百分之九十的封建，百分之十的殖民地（这百分之十的主人，不用说，就是日本）。于是袁世凯和他的集团忽然交了红运，可是袁世凯的红运实在短得可怜，而他的余孽，北洋军阀的红运也不太长。真正走红运的倒是人民，你不记得仅仅距袁氏称帝后四年，督军解散国会和张勋复辟后二年，向封建势力突击的文化大进军，五四运动便出现了吗？从此中国土地上便不断的涌着波澜日益壮阔的民主怒潮，终于使国民革命军北伐成功，北洋军阀彻底崩溃。这时人民力量不但铲除了军阀，还给刚从欧洲抽身回来的帝国主义吃了不少眼前亏。请注意：帝国主义突然退出，封建势力马上抬头，跟着人民的力量就将它一把抓住，经过一番苦斗，终于将它打倒——这一历史公式，特别在今天，是值得我们深深玩味了！

谁说历史不会重演？虽然在细节上，今天的“五四”不同于二十六年前的“五四”，可是在主要成分上，两个时代几乎完全是一样的。第二次世界大战爆发，欧洲帝国主义退出，于是中国半殖民地的色彩取消了，半封建便一变而为全封建（请在复古空气和某种隆重礼物的进献中注意筹安会的鬼，还有这群鬼群后的袁世凯的鬼！）现在封建势力正在嚣张的时候，可是，人民也并没有闲着，代表人民愿望，发挥人民精神，唤醒人民力量的政治，文化种种集团也都不缺少，满天乌云，高耸的树梢上已在沙沙发响，近了，更近了，暴风雨已经来到，一场苦斗是不能避免的。至于最后的胜利，放心吧！有历史给你做保证。

历史重演，而又不完全重演。从二十六年前的“五四”到今天，恰是螺旋式的进展了一周。一切都进步了。今天帝国主义的退出，除了实际活动力量与机构的撤退，还有不平等条约的取消，中国人卖身契的撕毁。这回帝国主义的退出是正式的，至少在法律上，名义上是绝对的，中国第一次，坐上了“列强”的交椅。帝国主义进一步的撤退，是促使或放纵封建势力进一步的伸张的因素，所以随着帝国主义的进步，封建势力也进步了。战争本应使一个国家更加坚强，中国却愈战愈腐化，这是什么缘故？原来腐化便是封建势力的同义语，不是战争，而是封建余毒腐化了中国。今天政治经济，社会，文化的腐化方面，比二十六年前更变本加厉，是公认的事实。时髦的招牌和近代化的技术，并不能掩饰这些事实。反之，都是加深腐化的有力工具，和保育毒菌的理想温度。然而封建势力的进步，必然带来人民力量的进步，这可分四方面讲。（一）西南大后方市民阶层的民主运动。这无论在认识上，组织上或进行方法上，比起五四时代都进步多了，详情此地不能讨论。（二）敌后的民主中国。这个民主的大本营，论成绩和实力，远非五四时代的□东所能比拟，是人人都知道的。（三）封建势力内部的醒觉分子。这部分民主势力，现在还在潜伏期中，一旦爆发，它的作用必然很大。这是五四时代几乎完全没有过的一种势力，今天在昆明，它尤其被一般人所忽略。以上三种力量都是自觉的，另有一种不自觉的，但也许比前三者更强大的力量，那便是（四）大后方水深火热中的农民。虽然他们不懂什么是民主，但是谁逼得他们活不下去，他们是懂得的。五四时代，因帝国主义退出，中国民族工业得以暂时繁荣，一般说来，人民的生活是走上坡路的。今天的情形，不用说，和那时正相反。这情形是政治腐化的结果，而政治腐化的责任，正如上文所说，是不能推在抗战身上的。半个民主的中国不也在抗战吗？而且抗得更多，人民却不饿饭。（还不要忘记那本是中国最贫瘠的区域之一。）原来抗战在我们这大后方，是被人利用了，当作少数人吸血的工具利用了。黑幕已经开始揭露，血债早晚是要还清的，到那时，你自会认识这股力量是如何的强大。

帝国主义的进步，封建势力的进步，结果都只为人民的进步造了机会，为人民的胜利造了机会。不管道路如何曲折，最后胜利永远是属于人民的，二十六年前如此，今天也如此。在“五四”的镜子里，我们看出了历史的法则。

一九四五、四、二七

给西南联大的从军回校同学讲话[①]

我也是参加校务会议的一分子，但我所讲的只代表我个人。关于治标治本的问题，刚才查先生冯先生说的很清楚，很详细。我也替大家感到很高兴。不过我想，大家是去从军，而不是去治标。这些治标的对象是我们造出来的，所谓“天下本无事，庸人自扰之”。自缚自解只是绕圈子而已。但是这种治标，不是我们从军的目的，从军的目的就是治本。假使不抱治本的目的去从军，则我们还配得上做一个知识分子么？谈到知识分子，我们总以知识分子自夸，觉得很骄傲，很光荣。这，与其说是光荣，不如说是耻辱。由于知识分子少，固然显得宝贵，显得身价高。因此我们的地位之尊贵是由和一般没知识的大众相形之下而成的。所以我们个人之光荣，是以国家之不光荣换得来的。我听到很多从军同学回来诉说在印所受的污辱。如有一个盟军俱乐部，英国美国法国……连印度人也准进去，独不准中国人进去，因为他们认为我们是“China man”，不管你知识分子不知识分子。可见你们个人在国内，可以很神气，而在国外，人家就不管你什么东西了。所以国内不改善，在外人看来，你们只是一样的中国人！把这些经历，反省反省，认得清清楚楚，就不会白去了。

我们去从军，受那些连长，排长，那些老粗的虐待，或是过分的

① 原载开明书店1948年版《闻一多全集》。

恭维，也还是如刀割般苦痛的。我们可以骂他们：“正是你们丢了我们的脸，使我们受外国人的罪！”大家想想，为什么他们这样？想一想吧，这原是我们的责任！抗战以来，感到军队里知识分子太少，都希望赶快让知识青年去从军，借此机会改善军队。但是为什么到今日才晓得要找知识青年？根本我们的打仗就不想要知识青年来打的！本来，战争之发动就是用农民壮丁来干，农民去送死，我们去建国。这说来好听，根本当时的军队就没有组织，没有计划。送死，由他们去！以前卖命由他们去，现在就轮到他们管你们了！当初，苦事让人家干，现在因他们而丢脸，我们是不应该把他们当作敌人来仇恨他们或可怜他们，这是错的！这是整个社会制度表现出来的现象。当初他们入伍时候，是没有知识就拉过来的，等到入伍后，也从未教一点知识给他们。相反的倒是让他们身体没闲，或者宁愿他们睡死，病死，却千万不要让他们的脑筋清醒，不让他们有知识。

统治者只要奴才去打仗，不要知识分子去打仗！好像现在要打内战啦，你们肯干吗？所以他们当初一时妙想天开，想找些知识分子去从军。他们一则糊涂，一则聪明。聪明的是这么一来，他们只把你们当一般壮丁一样训练。你们受得了就来，受不来就活不了。他们要把你们壮丁化，麻醉你们；麻醉得越多越好，奴化得越多越好。所以，人家是聪明的，我们就不能太笨了！现在我们可以反省一下，到底是怎样一回事？想对了，也还不愧为一个知识分子。上了当就要变乖。要知道绝不是几个知识分子抱着空中楼阁的理想，老是想从事改良改良，这么天真就办得到的。但是我们的思想就是我们的武器！只要我们是人，有人格，这人格的尊严就是我们的武器！千万不要自己欺骗自己。作知识分子就要作一个真的知识分子！不是普通的技术青年而要作个智慧的青年！千万不要因为人家多给你们几个钱的待遇就算了事，要从大处看！

今早，有一个从军同学给一首诗我看。好诗，但写得我不同意。他说印度人怎的没希望了。是人就有希望，只要我们团结和醒觉！除非我们是苍蝇，是臭虫，……打了八年仗，八年前和八年后的苍蝇都是一样的，是人就变了，受了这么多的苦是会变的！尽管受尽压迫和痛苦，终有一天是印度人的世界，而不是英国人的世界。印度有希望，何况我们中国！

还有一点，以为只有知识分子，才有办法，别人一概不成。这种想法是错的。不要以为有了知识分子就有力量，真正的力量在人民。我们应该把自己的知识配合他们的力量。没有知识是不成的，但是知识不配合人民的力量，决无用处！我们知识分子常常夸大，以为很了不起，却没想到人民一醒觉，一发动起来，真正的力量就在他们身上。一班人活不好，吃不好，联大再好，也没有用的。我们是知识分子，应有我们的天职。我们享受好，义务也多，我们要努力。但以为自己努力就成了，就根本错！刚才那位写诗的同学说：印度人像没有生命似的，这才厉害。只有我们知识分子才怕死，人家不知死，浑浑沌沌的把生命分的不清楚，一旦把他们号召起来，还得了！武器在我们手里时，就觉得这是不好玩的，要人命的东西；在他们手里，干起来就拚！因为真正的力量在人民，所以越压迫，越吃苦，报复起来就越厉害！因此我希望诸位无论干那种工作，不要以为自己是大学生。这不该看成普通的谦虚，一种做人的手段；因为我们确实不如他们。不但口里说，而且心里也硬是要想：我们是不如他们的。我们的知识是一种脏物，是牺牲了大多数人的幸福而得来的。可是知识救不了我们；他们那些人敢说敢做，假如真要和我们拼起来，我们只有怕，没有办法！所以，问题就在他们要拼不要拼的问题；如果要，那我们就完了！

只有在一个合理的社会里，在一个没有人剥削人，人食人的社会里，知识才是一个武器，知识在一个合理的社会里才有大用；不然，是不中用的。所以，我希望各位能较抽象，较远大，较傻劲地看去。我所以说是傻，因为许多人都以他们的经验，说我们这样作是幼稚，是傻。其实我们的经验越多，只越教我们怯懦而已。现在，在军队里，可惜不是你们作主；但假如我们是和人民在一起，我们就有希望了。

八年的回忆与感想[①]

说到联大的历史和演变，我们应追溯到长沙临时大学的一段生活。最初，师生们陆续由北平跑出，到长沙聚齐，住在圣经学校里，大家的情绪只是兴奋而已。记得教授们每天晚上吃完饭，大家聚在一间房子里，一边吃着茶，抽着烟，一边看着报纸，研究着地图，谈论着战事和各种问题。有时一个同事新从北方来到，大家更是兴奋的听他的逃难的故事和沿途的消息。大体上说，那时教授们和一般人一样只有着战事刚爆发时的紧张和愤慨，没有人想到战争是否可以胜利。既然我们被迫得不能不打，只好打了说。人们只对于保卫某据点的时间的久暂，意见有些出入，然而即使是最悲观的也没有考虑到战事如何结局的问题。那时我们甚至今天还不大知道明天要做什么事，因为学校虽然天天在筹备开学，我们自己多数人心里却怀着另外一个幻想。我们脑子里装满了欧美现代国家的观念，以为这样的战争，一发生，全国都应该动员起来，自然我们自己也不是例外。于是我们有的等着政府的指示：或上前方参加工作，或在后方从事战时的生产，至少也可以在士兵或民众教育上尽点力。事实证明这个幻想终于只是幻想，于是我们的心理便渐渐回到自己岗位上的工作，我们依然得准备教书，教我们过去所教的书了。

---

① 原载西南联大学生出版社 1946 年 7 月出版的《联大八年》。

因为长沙圣经学校校舍的限制，我们文学院是指定在南岳上课的。在这里我们住的房子也是属于圣经学校的。这些房子是在山腰上，前面在我们脚下是南岳镇，后面往山里走，便是那探索不完的名胜了。

在南岳的生活，现在想起来，真有“恍如隔世”之感。那时物价还没有开始跳涨，只是在微微的波动着罢了。记得大前门纸烟涨到两毛钱一包的时候，大家曾考虑到戒烟的办法。南岳是个偏僻地方，报纸要两三天以后才能看到，世界注意不到我们，我们也就渐渐不大注意世界了，于是在有规则性的上课与逛山的日程中，大家的生活又慢慢安定下来。半辈子的生活方式，究竟不容易改掉，暂时的扰动，只能使它表面上起点变化，机会一来，它还是要恢复常态的。

讲到同学们，我的印象是常有变动，仿佛随时走掉的并不比新来的少，走掉的自然多半是到前线参加实际战争去的。但留下的对于功课多数还是很专心的。

抗战对中国社会的影响，那时还不甚显著，人们对蒋委员长的崇拜与信任，几乎是没有限度的。在没有读到史诺的《西行漫记》一类的书的时候，大家并不知道抗战是怎样起来的，只觉得那真是由于一个英勇坚毅的领导，对于这样一个人，你除了钦佩，还有什么话可说呢！有一次，我和一位先生谈到国共问题，大家都以为西安事变虽然业已过去，抗战却并不能把国共双方根本的矛盾彻底解决，只是把它暂时压下去罢了，这个矛盾将来是可能又现出来的。然则应该如何永久彻底解决这矛盾呢？这位先生认为英明神圣的领袖，代表着中国人民的最高智慧，时机来了，他一定会向左靠拢一点，整个国家民族也就会跟着他这样做，那时左右的问题自然就不存在了。现在想想，中国的“真命天子”的观念真是根深蒂固！可惜我当时没有反问这位先生一句：“如果领袖不向平安的方向靠，而是向黑暗的深渊里冲，整个国家民族是否也就跟着他那样做呢？”

但这在当时究竟是辽远的事情，当时大家争执得颇为热烈的倒是应否实施战时教育的问题。同学中一部分觉得应该有一种有别于平时的战时教育，包括打靶，下乡宣传之类。教授大都与政府的看法相同：认为我们应该努力研究，以待将来建国之用，何况学生受了训，不见得比大兵打得更好，因为那时的中国军队确乎打得不坏。结果是两派人各行其是，愿意参加战争的上了前线，不愿意的依然留在学校里读书。这一来，学校里的教育便变得更单纯的为教育而教育，也就是完全与抗战脱节的教育。在这里，我们应该注意：并不是全体学生都主张战时教育而全体教授都主张平时教育，前面说过，教授们也曾经等待过征调，只因征调没有消息，他们才回头来安心教书的。有些人还到南京或武汉去向政府投效过的，结果自然都败兴而返。至于在学校里，他们最多的人并不积极反对参加点配合抗战的课程，但一则教育部没有明确的指示，二则学校教育一向与现实生活脱节，要他们炮声一响马上就把教育和现实配合起来，又叫他们如何下手呢？

武汉情势日渐危急，长沙的轰炸日益加剧，学校决定西迁了。一部分男同学组织了步行团，打算从湖南经贵州走到云南。那一次参加步行团的教授除我之外，还有黄子坚，袁复礼，李继侗，曾昭抡等先生，我们沿途并没有遇到土匪，如外面所传说的。只有一次，走到一个离土匪很近的地方，一夜大家紧张戒备，然而也是一场虚惊而已。

那时候，举国上下都在抗日的紧张情绪中，穷乡僻壤的老百姓也都知道要打日本，所以沿途并没有作什么宣传的必要。同人民接近倒是常有的事。但多数人所注意的还是苗区的风俗习惯，服装，语言，和名胜古迹等等。

在旅途中同学们的情绪很好，仿佛大家都觉得上面有一个英明的领袖，下面有五百万勇敢用命的兵士抗战，反正是没有问题的。我们只希望到昆明后，有一个能给大家安心读书的环境。大家似乎都不大谈，甚至也不大想政治问题。有时跟辅导团团长为了食宿闹点别扭，也都是很小的事，一般说来，都是很高兴的。

到昆明后，文法学院到蒙自呆了半年，蒙自又是一个世外桃源。到蒙自后，抗战的成绩渐渐露出马脚，有些被抗战打了强心针的人，现在，兴奋的情绪不能不因为冷酷的事实而渐渐低落了。

在蒙自，吃饭对于我是一件大苦事。第一我吃菜吃得咸，而云南的菜淡得可怕，叫厨工每餐饭准备一点盐，他每每又忘记，我也懒得多麻烦，于是天天只有忍痛吃淡菜。第二，同桌是一群著名的败北主义者，每到吃饭时必大发其败北主义的理论，指着报纸得意洋洋说："我说了要败，你看罢！现在怎么样？"他们人多势众，和他们辩论是无用的。这样，每次吃饭对于我简直是活受罪。

云南的生活当然不如北平舒服。有些人的家还在北平，上海或是香港，他们离家太久，每到暑假当然想回去看看，有的人便在这时一去不返了。

等到新校舍筑成，我们搬回昆明。这中间联大有一段很重要的历史，就是在皖南事变时期，同学们在思想上分成了两个壁垒。那年我正休假，在晋宁县住了一年，所以校内的情形不大清楚，只听说有一部分同学离开了学校，但是后来又陆续回来了。

教授的生活在那时因为物价还没有很显著的变化，并没有大变动。交通也比较方便，有的教授还常常回北平去看看家里的人。如刘崇铉先生就回去过几次。

一般说来，先生和同学那时都注重学术的研究和学习，并不像现在整天谈政治，谈时事。

《中国之命运》一书的出版，在我一个人是一个很重要的关键。我简直被那里面的义和团精神吓一跳，我们的英明领袖原来是这样想法的吗？“五四”给我的影响太深，《中国之命运》公开的向“五四”宣战，我是无论如何受不了的。

大学的课程，甚至教材都要规定，这是陈立夫做了教育部长后才有的现象。这些花样引起了教授中普遍的反感。有一次教育部要重新“审定”教授们的“资格”，教授会中讨论到这问题，许多先生，发言非常愤慨，但，这并不意味着反对国民党的情绪。

联大风气开始改变，应该从三十三年算起，那一年政府改三月二十九日为青年节，引起了教授和同学们一致的愤慨。抗战期中的青年是大大的进步了，这在“一二·一”运动中，表现得尤其清楚。那几年同学中跑仰光赚钱的固然有，但那究竟是少数，并且这责任归根究底，还应该由政府来负。

这两年来，同学们对学术研究比较冷淡，确是事实，但人们因此而悲观，却是过虑。政治问题诚然是暂时的事，而学术研究是一个长期的工作。有些人主张不应该为了暂时的工作而荒废了永久的事业，初听这说法很有道理，但是暂时的难关通不过，怎能达到那永久的阶段呢？而且政治上了轨道，局势一安定下来，大家自然会回到学术里来的。

这年头愈是年青的，愈能识大体，博学多能的中年人反而只会挑剔小节，正当青年们昂起头来做人的时候，中年人却在黑暗的淫威面前屈膝了。究竟是谁应该向谁学习？想到这里，我觉得在今天所有的不合理的现象之中，教育，尤其大学教育，是最不合理的。抗战以来八九年教书生活的经验，使我整个的否定了我们的教育。我不知道我还能继续支持这样的生活多久，如果我真是有廉耻的话！

“一二·一”运动始末记[①]

自从民国三十三年双十节，昆明各界举行纪念大会，发表国是宣言，提出积极的政治主张。这里的学生，配合着文化界，妇女界、职业界的青年，便开始团结起来，展开热烈的民主运动，不断地喊出全国人民最迫切的要求。各大中学师生关于民主政治无数次的讲演，讨论和各种文艺活动的集会，各界人士许多次对国是的宣言，以及三十三年护国纪念，三十四年五四纪念的两次大游行，这些活动，和其它后方各大城市的沉默，恰好形成一个鲜明的对照。但在这沉默中，谁知道他们对昆明，尤其昆明的学生，怀抱着多少欣羡，寄托着多少期望！

三十四年八月，日本还没投降，全国欢欣鼓舞，以为八年来重重的苦难，从此结束。但是不出两月，在十月三日，云南省政府突然的改组，驻军发生冲突，使无辜的市民饱受惊扰，而且遭遇到并不比一次敌机的空袭更少的死亡。昆明市民的喘息未定，接着全国各地便展开了大规模的内战。人人怀着一颗沉重的心，瞪视着这民族自杀的现象。昆明，被人家欣羡和期望的昆明，怎么办呢？是的，暴风雨是要来的，昆明再不能等了，于是十一月二十五日晚，国立西南联合大学，

① 本篇是闻一多为“一二·一”四烈士所撰碑文，镌刻在昆明四烈士墓前两根石柱地基座上。

国立云南大学，私立中法大学，和省立英语专修学校等四校学生自治会，在西南联大新校舍草坪上，召开了反对内战呼吁和平的座谈会，到会者五千余人。似乎反动者也不肯迟疑，在教授们的讲演声中，全场四周，企图威胁到会群众和扰乱会场秩序的机关枪、冲锋枪、小钢炮一齐响了，散会之后，交通又被断绝，数千人在深夜的寒风中踯躅着，抖擞着。昆明愤怒了。

翌日，全市各校学生，在市民普遍的同情与支持之下，相率罢课，表示抗议。并要求当局查办包围学校开枪的军队，撤销事前号称地方党政军联席会议所颁布的禁止集会游行的非法禁令。当局对学生们这些要求的答复是什么呢？除种种造谣和企图破坏学校团结的所谓“反罢课委员会”的卑劣阴谋外，便是十一月三十日，特务们的棍子、石头、手枪、刺刀，对全市学生罢课联合委员会宣传队的沿街追打。然而这只是他们进攻的序幕。十二月一日，从上午九时到下午四时，大批的特务和身着制服，佩带符号的军人，携带武器，分批闯入云南大学，中法大学，联大工学院，师范学院，联大附中等五处，捣毁校具，劫掠财物，殴打师生。同时在联大新校舍门前，暴徒们于攻打校门之际，投掷手榴弹一枚，结果南菁中学教员于再先生中弹重伤，当晚十时二十分，在云大医院逝世。同时在联大师范学院，正当铁棍，石头飞舞之中，大批学生已经负伤倒地，又飞来三颗手榴弹，中弹重伤的联大学生李鲁连君，仅只奄奄一息了，又在送往医院的途中，被暴徒拦住，惨遭毒打，遂至登时气绝。奋勇救护受伤同学的联大学生潘琰小姐，已经胸部被手榴弹炸伤，手指被弹片削掉，倒地后，胸部又被猛戳三刀，便于当日下午五时半在云大医院的病榻上，喊着“同学们团结呀！”与世长辞了。昆华工校学生张华昌君，闻变赶来救援联大同学，头部被弹片炸破，左耳满盛着血液，红色上浮着白色的脑浆，这调仅只十七岁的生命，绵延到当日下午五时在甘美医院也结束了。此外联大学生缪祥烈君，左腿骨炸断，后来医治无效，只好割去，变成残废。总计各校学生重伤者十一人，轻伤者十四人，联大教授也有多人痛遭殴辱。各处暴徒从肇事逞凶时起，到任务完成后，高呼口号，扬长过市时止，始终未受到任何军警的干涉。

这就是昆明学生的民主运动，和它的最高潮“一二·一”惨案的概略。

“一二·一”是中华民国建国以来最黑暗的一天，也就在这一天，死难四烈士的血给中华民族打开了一条生路。从这一天起，在整整一个月中，作为四烈士灵堂的联大图书馆，几乎每日都挤满了成千成万，扶老携幼的致敬的市民，有的甚至从近郊几十里外赶来朝拜烈士的遗骸。从这天起，全国各地，乃至海外，通过物质的或精神的种种不同的形式，不断地寄来了人间最深厚的同情和最崇高的敬礼。在这些日子里，昆明成了全国民主运动的心脏，从这里吸收着也输送着愤怒的热血的狂潮。从此全国的反内战，争民主的运动，更加热烈的展开，终于在南北各地一连串的血案当中，促成了停止内战，协商团结的新局面。

愿四烈士的血是给新中国的历史写下了最初的一页，愿它已经给民主的中国奠定了永久的基石！如果愿望不能立即实现的话，那么，就让未死的战士们踏着四烈士的血迹，再继续前进，并且不惜汇成更巨大的血流，直至在它面前，每一个糊涂的人都清醒起来，每一个怯懦的人都勇敢起来，每一个疲乏的人都振作起来，而每一个反动者战栗的倒下去！

四烈士的血不会是白流的。

为李公朴死难题词[①]

斗士的血不是白流的。反动派，你看见一个倒了，可也看得见千百个继起的人？

① 原载 1946 年 7 月 14 日昆明《民主周刊》第 3 卷第 18 期《愤怒的诔词》。

最后一次的讲演[①]

这几天，大家晓得，在昆明出现了历史上最卑劣，最无耻的事情！李先生究竟犯了什么罪？竟遭此毒手，他只不过用笔写写文章，用嘴说说话，而他所写的，所说的，都无非是一个没有失掉良心的中国人的话！大家都有一支笔，有一张嘴，有什么理由拿出来讲啊！有事实拿出来说啊！为什么要打要杀，而且又不敢光明正大的来打来杀，而偷偷摸摸的来暗杀！（鼓掌）这成什么话？（鼓掌）

今天，这里有没有特务？你站出来，是好汉的站出来！你出来讲！凭什么要杀死李先生？（厉声，热烈的鼓掌）杀死了人，又不敢承认，还要诬蔑人，说什么"桃色案件"，说什么共产党杀共产党，无耻啊！无耻啊！（热烈的鼓掌）这是某集团的无耻，恰是李先生的光荣！李先生在昆明被暗杀，是李先生留给昆明的光荣！也是昆明人的光荣！

去年"一二·一"昆明青年学生为了反对内战，遭受屠杀，那算是年青的一代，献出了他们的血，献出了他们最宝贵的生命！现在李先生为了争取民主和平，而遭受了反动派的暗杀，我们骄傲一点说，这算是像我这样大年纪的一代，我们的老战友，献出了最宝贵的生

① 本篇是1946年7月15日上午闻一多在云南大学至公堂李公朴夫人张曼筠报告李先生死难经过大会上的讲演。原载1946年8月2日《民主周刊》第3卷第19期。

命。这两桩事发生在昆明，这算是昆明无限的光荣！（热烈的鼓掌）

反动派暗杀李先生的消息传出后，大家听了都摇头，我心里想，这些无耻的东西，不知他们是怎么想法？他们的心理是什么状态？他们的心是怎样长的？其实很简单，他们这样疯狂的来制造恐怖，正是他们自己在慌啊！在害怕啊！所以他们制造恐怖，其实是他们自己在恐怖啊！特务们，你们想想，你们还有几天，你们完了，快完了！你们以为打伤几个，杀死几个，就可以了事，就可以把人民吓倒了吗？其实广大的人民是打不尽的，杀不完的，要是这样可以的话，世界上早没有人了。你们杀死了一个李公朴，会有千百万个李公朴站起来！你们将失去千百万的人民！你们看着我们人少，没有力量。告诉你们，我们的力量大得很！多得很！看今天来的这些人，都是我们的人，都是我们的力量！此外还有广大的市民！我们有这个信心：人民的力量是要胜利的，真理是永远存在的，历史上没有一个反人民的势力不被人民毁灭的！希特勒，莫索里尼不都在人民之前倒下去了吗？翻开历史看看，你还站得住几天！你完了，快完了！我们的光明就要出现了。我们看，光明就在我们的眼前，而现在正是黎明之前那个最黑暗的时候。我们有力量打破这个黑暗，争到光明！我们的光明，就是反动派的末日！（热烈的鼓掌）

反动派故意挑拨美苏的矛盾，想利用这矛盾来打内战。任你们怎么样挑拨，怎么样离间，美苏不一定打呀！现在四外长会议已经圆满闭幕了。这不是说美苏间已没有矛盾，但是可以让步，可以妥协。事情是曲折的，不是直线的。我们的新闻被封锁着，不知道美苏的开明舆论如何抬头，我们也看不见广大的美国人民的那种新的力量，在日益增长。但是，事实的反映，我们可以看出。

第一，现在司徒雷登出任美驻华大使，司徒雷登是中国人民的朋友，是教育家，他生长在中国，受的美国教育。他住在中 国的时间比住在美国的时间长，他就如一个中国的留美生一样，从前在北平时，也常见面，他是一位和霭可亲的老者，是真正知道中国人民的要求的。这不是说司徒雷登有三头六臂，能替中国人民解决一切，而是说美国人民的舆论抬头，美国才有这转变。

其次，反动派干得太不像样了，在四外长会议上，才不要中国做二十一国和平会议的召集人，这就是做点颜色给你看看，这也说明美国的支持是有限度的，人民的忍耐和国际的忍耐也是有限度的。

李先生的血，不会白流的。李先生赔上了这条性命，我们要换来一个代价。“一二·一”四烈士倒下了，年青的战士们的血，换来了政治协商会议的召开，现在李先生倒下了，他的血要换取政协会议的重开！（热烈的鼓掌）我们有这个信心！（鼓掌）

“一二·一”是昆明的光荣，是云南人民的光荣，云南有光荣的历史，远的如护国，这不用说了，近的如“一二·一”，都是属于云南人民的，我们要发扬云南光荣的历史！

反动派挑拨离间，卑鄙无耻，你们看见联大走了，学生放暑假了，便以为我们没有力量了吗？特务们！你们错了！你们看看今天到会的一千多青年，又握起手来了，我们昆明的青年决不会让你们这样横干下去的！

历史赋予昆明的任务是争取民主和平，我们昆明的青年必须完成这任务！

我们不怕死，我们有牺牲的精神，我们随时像李先生一样，前脚跨出大门，后脚就不准备再跨进大门！（长时间热烈的鼓掌）

杂 文

旅客式的学生[①]

洋楼，电话，电灯，电铃，汽炉，自来水；体育馆，图书馆，售品所，“雅座”，电影；胡琴，洋笛，中西并奏，象棋，“五百”，夜以继日，厨房听差，应接不暇，汽车胶皮，往来如织——你看！好大一间清华旅馆！“只此一家”“中外驰名”的旅馆！如何叫他的生意不发达呢？于是官僚来养病，留学生来候补差事，公子少爷们来等出洋——我说“等”出洋，不是预备出洋。旅馆底生意好了。掌柜的变大意了，瞧不起旅客了！旅客不肯受他的欺负，就闹起来要改良旅馆。诸位！想一想，你们旅客有什么权柄可以要求旅馆改良！你们爱住不住！你们改良了旅馆，于你们有什么利益？等到旅馆改良了，你们已经走了。

中国有一位文学家讲，“天地者万物之逆旅。”呸！这是什么话？中国的文化底退步，就是这般非人的思想的文学家底罪孽。人类是进化的。我们生到这个世界来，这个世界就是我们的。我们的天性叫我们把这个世界造成如花似锦的，所以我们遇着事，不论好坏，就研究，就批评，找出缺点，就改良。这是人底天性，没有这种天性，人不会从下等动物进化到现在的地位，失这种天性，社会退化到本来的地位。

---

① 原载1920年4月24日《清华周刊》第185期。

我们把眼光放开看，我们是社会底一分子，学校是社会里一种组织，我们应该改良社会，就应从最切近的地方——我们的学校做起点。学校是我们的家——不是我们的旅馆。学校之中，学生是主体，职员，教员，校役都是客听。对于学校，我们不负责任，谁负责任呢？有人自视为世界底旅客，就失了做人的资格；有学生自视为学校底旅客，就失了做学生的资格。

旅客式的学生有三种。对待他们的方法有四种。实行这四种方法，才是真正的改良。

（一）旅客式的少爷学生。贵胄子弟，自己可以出洋的，年纪太轻，不能立刻出洋，先要在本国等一等！但上了别的学校，又太吃苦了，只有清华旅馆里“百应俱全”，刚合少爷们的身份。所以他们除了打球，唱戏，“雅座”，售品所以外，不知道别的。对于功课，用“满不在乎”四字了结他。横竖他们是不靠毕业出洋的，他高兴几时走，就几时走。这种旅客式的学生，是人人承认的。

（二）旅客式的孩子学生。清华中等科底学生有住过高等小学的，有住过初等小学的，有住过幼稚园的，有什么也没有住，乳臭未干的婴儿，总之真正高小业，刚合中等科程度的有几个？这般同学，当然不能怪他们没有成人的思想。等他们毕了中等科的业，到高等一二年级，还是年纪很轻。就算到了成人的年岁，还脱不了孩子气。他们初进学校底目的，固然跟少爷学生不同，不过他们的行为跟少爷们一样的。他们年幼连自己本身都顾不了，还说别的吗？

（三）旅客式的书虫学生。有一般人本知道学校应该改良，但是出洋问题要紧。功课一急竞争的烈，每天点洋烛的工夫都不够，不用说别的。所以他们目击各种腐败的情形，也只好叹一口气道曰：“没有法子！”这种学生，也是旅客式的学生。他们是读书的旅客，同那打球，唱戏，“雅座”，售品所的旅客，不过是臧与榖底比例。

以下是整顿旅客式的学生底方法。

第一种旅客式的少爷学生可算是不可救药了。他们横竖不是来念书的。如果要住旅馆，他们有的是钱，六国饭店，比清华旅馆舒服得多呢。

第二种，对于旅客式的孩子学生，也没有别的办法。他们没有到上学的年纪，最好是不要来，免得他们的父母担忧。他们上学还要带听差来替他们铺床叠被，收检衣服；他们不会用功，还要请高等科的学生当他们的“指导员”。清华中等科不是幼稚园，高等科的学生，也不是来替人家管孩子的，这些幼稚园的儿童应该送到幼稚园里去。

第三种，旅客式的书虫学生，我们只好鼓励他们，劝他们，把读书底勇气，分一点到书本外头来。

第四种，在学生一方面，固然应当自己觉悟，打破这种旅客式的思想，但是学校一方面，也应当有一番整顿，使得那些旅客式的少爷，孩子们，不会混到学堂里来，并且同时解放这种玉成学生底奴隶性的积分制度，庶几学生不致把一切都牺牲到书卷本里去了。

清华底出版物与言论家[1]

清华的出版改良，自从在“去张”运动底风潮里酝酿成熟了，后来便七节八枝，荆天棘地，急进的既灰了心，守旧的也瘪了气，于是风波陡落，一觉瞌睡睡到今年四月，《周刊》才醒起来了。《学报》底纠葛更深，到暑假前才有集稿部底会议同宣言，也算他睁开眼皮，打了一口呵欠。但就那七期《周刊》底成绩论，我们的出版界敢吹改良两字吗？改良就是换上几句白话文，插进几个新标点吗？《周刊》如此，《学报》可知。唉！清华底出版物！清华底言论家！

但这是集稿员底过吗？——集稿员也不能尽辞其咎——不过最大的罪名，应加在全体同学里那一部分负有言论底特殊责任的身上。怎样讲呢？我们既采了集稿制，供给言论底泉源就在集稿部外——在全体同学里。但根据分工论，一校内人人应各依他的本能底特长，在各种课外作业里，择负一种责任；言论就是这许多责任中间底一种。（这里负责是对于学校的，不是个人的；“挖”是个人的责任，有人当他对于学校的责任，自然变了分数底奴隶。）不是说言论家以外，就没有别人可以发表言论，他们在执行他们的职务底余暇，也应该时时告些奋勇，大大方方地讲几句话。

言论同社会底关系是怎样呢？人人底脑筋都有受对象底戟刺而

① 原载1920年10月1日《清华周刊》第192期。

起冲动底本能，环境里有这个缺点，我们的脑海里才起这种“不快感”；有这种感觉，影响到理性底活动，才有这种理想；有这种理想，才发为这种言论，口头的或笔著的。所以每篇言论，在环境里，必有个确定的根据；环境不需要这种言论，这篇言论就无从产出；人人不肯发表这篇言论，这个需要，就永远不能补足。言论里所包含的解决问题底方法，不一定都同环境底需要，针锋相对，但社会自有裁判力，决不致盲从，所以取舍言论，是社会底事，联续地接济社会取舍底材料，是言论家底事。

言论家当然包括两种，口头的同著作的。出版物所欢迎的，是著作的言论家，其余一种，有与没有，跟他毫无关系。清华出版物不能发达，只因一般言论家都巧避著作，争趋口论底一条道上。记者不知道别人，却愿将我个人现在所以渐趋这“搁笔派”底原因照直供来，做大家讨论底资料，借以志我的罪。

自己缺少心性底修养，失了批评家底地盘，见了别人底行为，本能辨得黑白分明，只不敢提起笔写。关于学术问题底讨论，自己的脑筋干枯，读书还读不及，那有工夫著作呢？而且稍稍一开书本，更像河伯到了海洋似的，那里还有胆量去著作呢？再加平日专喜冷讥热嘲地批评别人，所以每到提起笔来，就仿佛看见那里森森地排着无数的韩仇的笔锋，等着这张纸一出世，便一齐射来似的。于是骇得“风声鹤唳，草木皆兵”，甚至有一篇稿子写完了，终久不敢塞到投稿箱里去。这种由懦弱产出的滑头政策为个人计，未尝不是上策；殊不知言论是为社会的，那能带着一点主观的滋味？纵他惹起社会底反击，那更应是我们无任欢迎的了。

像我这样不才，原不足轻重。还有一般品学远出我上的朋友们，老手的言论家，现在既流入“搁笔派”了，新进的，天天喊道：“研究！批评！改造！奋斗！”但查查他们所发表的言论，也是比凤毛麟角还稀奇些呢。我希望他们都有他们的充分的理由，足以塞同学底口实，我不希望，却又害怕他们同我患了一样的“怯弱症”。唉！鼓吹出版改良，不是我们这般朋友吗？到了实行改良底时候，一个个却都“噤若寒蝉”呢！周君念诚在他的《投稿用别名是不负责》里骂道：“所以卑怯的作者更是狡猾，更是盗窃，我无以名之，名之曰蟊贼。”我说用别名，“隐在雾里放暗箭”，总算是有责任心的呵！一张白嘴，说得天花乱坠，嘴唇一关，都化为乌有了，谁还能代他负责呢？大家抱着“搁笔”主义，比抵制仇货还狠心些，可怜那两家铺子，再不关门，才怪呢！

但是诸君不要误会，以为我把口头的言论家，当作一文不值。其实，是言论，我都尊敬，不过对于著作的言论家，比清谈的言论家还要十倍地尊敬。须知更有“三缄其口”的金人，那才真是社会底蟊贼。中国人最卑劣的表德，就是“顾面子”，“不好意思”。多多批评，多多发表言论，正是打破这种恶习，练习公开的精神底妙法。你骂完了我，我又骂你，两人都受了“闻过”底益。梁山泊底弟兄，不打不亲热；世界上那有公开底快乐？

朋友们总说我们那里想的清华出版物底实现，是不可能的，试问我们可曾奋斗到最末的一分钟？现在正当一个学年底新纪元，上半年还只一家《周刊》，现在《学报》也快开张了，零售趸批，家家缺货。我谨将这两句话送给言论界底同行们，做首座右铭，并祝两家出版物底生意兴隆：

“小心些做文章！大胆些发表文章！”

中文课堂底秩序底一斑[①]

先生："今天要考了。"满堂大哄，有的骂，有的笑，强狠的开门要走，和平的讲这学堂从来不兴月考。好容易经先生敷衍了半天，才慢慢地坐定了。先生把题目刚写完了，屋后一个声音叫道："咳，混账吗！出这些题那做得完？……"

从"去张"运动以来，天天喊改良中文，到今天中文课堂底情形便是这样。难道考月考也是教员底错吗？中文所以不能改良，学校怕麻烦，教员不自爱，当然要负一份责任，恐怕罪魁祸首还是这一般负自治底盛名的学生吧！在英文课堂讲诚实，讲人格，到中文课堂便谲骗欺诈，放僻嚣张，丑态恶声，比戏园，茶馆，赌博场还不如。才吃过一餐饭，便把那骗洋人的假具扯破了，露出中国人的真相来了。这样还讲改良，讲自治，不要愧杀人吗？

现在人人正忙着预备十周年纪念会；成绩展览，演戏，刊杂志，五花八门，辉煌灿烂，可惜都是骗人的呵。把这中文课堂底跟同类的丑态展览出去，才是真清华呢！

① 原载 1921 年 4 月 1 日《清华周刊》第 214 期。

恢复伦理演讲[①]

自从杜威博士底演讲以后，伦理演讲便变为学术演讲了；杜威讲的还是关于伦理底学说，杜威以后竟成纯粹地学术的演讲，与伦理毫无关系。这个变更，在学校，是有意的还是无意的，我不知道。他的得失，从来没有人讨论过；大概同学中大多数是不关心的，小部分醉心知识的人是欢迎的；而我却以为这个变更于全校底思想同风气（即“道德的音调”）很有影响，这确是学校底一个大错误。

我们承认现在我们学校风气底堕落，思想底鄙陋，几乎到了无以复加之点。其原因固甚复杂，我以为取消伦理演讲，也是一端。伦理演讲虽没有积极地提高“道德音调”之力，可是确有“杜渐防微”，禁恶于未萌底一种消极的功用，至少也能指示给我们什么是善，什么是恶，使我们知道世界上还有个真确纯粹的是非。（我们作事纵然不能一一行规蹈矩，只要出了轨道的时候，自己知道出了轨道，也是好的。）所以伦理演讲底功用便是劝善。学校有章程，犯章便记过，开除；这是惩恶。有惩恶而无劝善，是什么教育？

现在一般青年完全是唯物思想底奴隶，除了装智识，炼身体以外，不知有别事。新思潮冲进之后，孔子底偶像打碎了，旧有的社会的裁制，不发生效力了，西方来的宗教又嫌他近乎迷信，不合科学精

① 原载1921年4月29日《清华周刊》第218期。

神，而对于艺术又没有鉴赏底能力，于美育底意义更无从捉摸，于是这“青黄不接”时期，竟成了“无法无天”“洪水猛兽”底时期了！

发达精神的生活，以调制过度的物质生活底流弊，只有三种方法：1. 伦理，2. 宗教，3. 艺术。而这三者之中，数伦理为最下乘。现在我姑且“卑之无甚高论”，只要小心地使用这最下乘的方法，也就聊胜于无。不料我们连最下乘的也得不着，并且一方面还有那万恶的电影百方地诲淫诲盗；长此以往，那只好让我们慢慢变成禽兽了罢！

学校只管天天在科学记分法同实效试验上推敲，于我们的智识同身体，到都照料得很周到，可是对于我们的精神上的训养，满没有理会。上次忽然有个赖大夫演讲“心灵的卫生”，真乃破天荒的大奇事。从卫生上去劝人讲道德是否完善的方法，还是个问题。但是不知道再等几年才能再得一次这样的福音呢！

牺牲伦理演讲，改为学术演讲，或者于我们的知识上还有点辅助罢？但是不然。我们大多数的人一个星期里被功课忙得要死，到这天还加上几点钟底听讲，听的又是格格不入，坚深玄妙的哲理，此杜威之所以有“催眠”之号，同以后的演讲之所以不能“叫座”底原因。名人演讲偶尔有一次，是很好的，但是那是为名人去听讲，不是为求知识去听讲。至于长期的学术演讲，一般对于那门学术有兴趣的人固是欢迎，但是照近来的情形，拿他们同全体同学比较，才不过十分之一。学校与其费许多精力请来长期演讲员，十分之九的同学受不着益处，不如随时帮助各研究学术的会请几个演讲员，到可以减少各会关于这项进行的困难，因此可以促进学会同学术的发达呢。

不过恢复伦理演讲有两件事要注意：（一）材料问题：（二）人底问题。鼓励崇拜英雄的演讲，务当屏弃；如从前讲的威廉第二同钢铁大王康奈奇底传略等题，讲给我们听。便同教我们杀人打劫一样。讲伦理的人，自身须可以作人的模范，至少也不当被听者鄙厌，因为这于听者底心理上很有关系。愿当事者特别注意这两层。若叫“望之不是人君”的人讲那强盗式或市侩式的英雄底事迹。便成“非伦理的”演讲了。这样的演讲反不如没有。

痛心的话[①]

“不教民战”的办事人同

“漏网之鱼”的学生，听者！

学校近来开除了三个人，“大快人心”的事。一因害群之马，毕竟驱除了；二因他表明学校管理底当事者，毕竟没有十分睡着。

但是学校素来于积极的训善底事毫不注意，一旦学生犯了规矩，就要开除。“不教民战，是谓弃之。”办事人怎样对得起这几个学生底家庭？怎能问得过自己的良心？

“前车之覆，后车之鉴”，同学从此也自加勉励，再切莫入歧途了。那些“漏网之鱼”，尤急当痛改前，切莫恃着你们

“洪福齐天”，以为可以永远“消遥法网之外”，逃脱“最末的审判”！愿同学帮着办事人睁开眼睛监守着他们，若他们还不能改过，那真是不堪造就，便是淘汰了，也不足惜。

① 原载1921年5月13日《清华周刊》第219期。

恢复和平！①

在一个颠倒错乱的畸形的社会之中，一切的事变，几乎都要用颠倒错乱的方法去应付；这样积久而铸成习惯，畸形的观念沈到人们底脑筋底下去着土生根了，他们便径直认权为经，安变如常了。这种现象是新旧过渡程中底一个大礁石。溯其来因可分两端：

一、社会现状底反响 “莫赤匪狐”，“莫黑匪乌”，“司空见惯”，印象深刻；于是见了公共机关，不问青红皂白，便一概地痛心嫉首，如对蛇蝎一般。观察地对象，本没有丝毫变更，我们偏看出千形百态光怪陆离来了，其实都是我们的主观的幻象。在心理学里 illusion 底一种原因是 frequency。如今我们看着一切的公共机关都是一种黑幕底 illusion，便是从前看多了公共机关底黑幕底结果。

二、新思潮底遗毒 几千年底缰锁，一朝打破；蠢动泛驾底原始的冲动，如同被压而未熄的薪火一般，忽遭新思想底干风一吹，不觉燎原大烧起来。可怜的时代底牺牲者，他们的神经竟被波尔希维克的赤帜螫得发狂了。一个著名的美国画家讲：假若一个发怒的神灵要用一种特别地酷暴的刑具惩罚人类，再没有什么东西，比将全世界底绿色都变成赤色更可怕些的。在这样一个赤色的世界之中，人类不久定都变成疯子了。俄罗斯底赤色在中国的影响，大概同这差不多。青年

① 原载1921年11月19日《清华周刊》第226期。

们竟以为解放便抹杀一切法律主权同习惯，以为社会的平等便包括知识的平等呢。这不是疯癫是什么？

若要挽回这种狂澜，没有别的方法，全在我们善于驱使理智节制感情。换言之，我们的头脑都太热了，若能少任血性，多用考虑，便不致有这种毛病。

出虎进狼，以暴易暴。好好一颗桔树，渡过淮水了，便度成枳树。其实这也不过是人类底长久的历史中一个片段里底现象，正如人生七八十年中一两天底疾病罢了。那里便可以判决凡是执事的都是奸恶，更那里可以迁怒嫁怨，囫囵地宣布一切行政机关底死刑呢？一方面我们既相信公共事业是要人做的，又相信公共事业是有人能做配做的，但是一方面又因一时的失望便要不分玉石捣乱一切。长照这样闹下去，只恐怕终久闹得天翻地覆才完事呢！

时局蜩螗，学生不得不抛了书本来倡一种运动；校事弛废，学生又不得不偷着间暇去倡一种运动。这并不是说学生总是比当轴高明些，应该起而代庖。乃是外界既不幸有了这些麻烦生厌的畸形的状况，我们也只得耐着性儿破一个例，帮助大家把不正的扭正了，非常的复常了；为的是要这样，我们才好安心乐业做我们应做的事。所以我们没有恢复原状底机会则已，若有了，那肯不捉住这机会做去的呢！

况且我们是社会的一份子。社会的幸福建于秩序与和平的基础上。所以他的秩序将破则维持，既破则恢复才是我们的天职。爱和平重秩序，是我们中国民族底天性。我不愿我们青年一味地眩于西方文化的新奇，便将全身做了他的牺牲。

和平秩序之不见于清华久矣。如今他似乎又隐约地在我们目前盘旋，我们千万要拉住了欢迎回来。所以我们的太烘热的脑筋要尽力地冷下来，我们要尽力地想象以置身于太平景象之中，用慈祥赤裸的心相待。我们要快把那不受缰锁的，安那其的（Anarchical），浮躁蠢野的“赤”气摆脱，三熏三沐降心屏息地整顿大局。万一不幸又有需要我们的时候，我们不妨再破一个例出来趋应责任的诏命。但是我们总要记着这是一个例外万不得已的事！在不需要这种举动时，最好不要枉费精神。

我们学校与当局一向取对敌的态度，一言一动，辄藏机心。如今我们若认为这种态度是用不着的呢，便不妨抛掉了他。还是和衷共济赤诚相待的，舒服得多，痛快得多。我们对于我们自主的机关学生会，一向都没有信用，没有敬心。我们知道要使清华振起一点新气象来，非借学生会为工具不可。假若我们认为他不满意，便急起用正大光明的方法图谋改良。假若看不出要改良的地方，便需信他，敬他，护他，爱他。不要随随便便就大书特书地，说他庸懦，说他专横，忤辱他的人格。在法律中公共机关称为“法人”（Artificial person），寻常我们若随便出条骂人，被骂人必拉我们上斋务处去要我们赔偿名誉。须知学生会是个“法人”，他的名誉也是不好随意毁败的，他的人格也是不好随意忤辱的。

同学之间若得相亲相爱还是这样为好。我们常常猜疑某某为政客，某某为流氓，某某为军阀，其实都是我们主观的判断。我们若大家平心静气存点恕道，这些名词根本地都消灭了。其实我是一个人，别人也是一个人，难道我们好别人就那样坏吗？中国人最讲究家族主义。我们若能将对待家人底一种和爱的心境来施及于学校，假定校中人个个都是我们的家人，那就好了。

如今校中各方面（学校与学生，学生与学生）的捣乱也捣够了。乱极思治，人同此心。大家何必不即早回头呢！诸君！我们的梦做得久了；黎明来了，我们醒罢！

美国化的清华[①]

用美国退回赔款办的预备留美底学校，他的目的当然是吸收一点美国文化。所以清华若真做到美国化底程度，是一桩大幸事。实在我常听到我们这里一般美国教授们抱怨中国留美学生——清华当然在内——太不懂美国，太没受着美国文化底好处。他们的意思当然是说清华底教育，虽不算失败，但总有些令人不满意。我说他们的话是一半对，一半不对。怎样讲呢？中国人在他们美国人眼里，随便受他们的同化到什么地步，总不会同一个美国本地人一样，但是这个人在中国人眼里，总太像一个外国人；这仿佛是一个中国人穿着洋服，说着洋话，站在一群中国人里，俨然是一个洋人，但是走到一群洋人里，总是没有他们自己那样洋。一个留学生真是个“四不像”了。但是正好，他们应该是这样的。清华学生是要受点美国化，当然，不是要变成美国人。这是一般有知识的人底意见。但是我个人的意见比这还不如。

我这意见讲出来，恐怕有点骇人，也有点得罪人。但是这种思想在我脑筋酝酿了好久，到现在我将离开清华，十年底母校，假若我要有点临别的赠言，我只有这几句话可以对他讲。

我说：清华太美国化了！清华不应该美国化，因为所谓美国文化

① 原载1922年5月12日《清华周刊》第247期。

者实不值得我们去领受！美国文化到底是什么？据我个人观察清华所代表的一点美国化所得来的结果是：笼统地讲，物质主义；零碎地数，经济，实验，平庸，肤浅，虚荣，浮躁，奢华——物质的昌盛，个人的发达……。或者清华不能代表美国，清华里的美国人是不是真正的美国人，我不知道。不过清华里的事事物物，（我又拿我那十年底经验底招牌来讲话）我是知道得清清楚楚的。我敢于说我讲的关于清华的话，是没有错的。我现在没工夫仔细将清华底精神分析出来，以同所谓美国化者对照；我只好举其荦荦大者数端。

（一）经济　除了经济，美国文化还有什么？我们看近来清华要学这个的该有多少？再看别的不学这个的，谁不是以“吃饭”作标准去挑他们的学业？再看从美国回来当买办、经理的该有多少？再听一般人底论调，总是这个有什么“用”？那个有什么“用”？他们除了衣食住底“用”外，还知道什么？他们的思想在那里？他们的主义在那里？他们对于新思潮的贡献在那里？他们的人格理想在那里？他们的精神生活又在那里？

（二）实验　很好！清华学生真有干练敏捷之才！“五四”运动证明了，童子军证明了，世界基督教学生同盟大会证明了，几次的灾区服务证明了。但是也只是 efficient 而已啊！

（三）平庸（mediocrity）　清华学生不比别人好，何尝比别人坏呢？很整齐，很灵敏，很干净，很有礼貌，——很过得去。多数不吃烟，不喝酒，不打牌，不逛胡同，——很有规矩。表面上看来清华学生真令人喜欢，但是也只是令人喜欢，不能引起人底敬爱，因为他们没有惊人之长。

（四）肤浅　清华学生真浮浅极了！那里谈得上学问？那里谈得上知识？一个个见了人，笑笑弥弥的，真是 A very good fellow，但是真有什么诚意待人吗？外观讲得真好，形势极其整齐，正同这几间大洋楼——礼堂、图书馆……—— 一种风味。随便在那，面子总不能不顾。讲新也新得不彻底；讲旧也旧得不彻透。浅啊！浅极了！真是些小孩子们啦！

（五）虚荣　人说我们“急公好义”，我们捐罢，把饭钱都捐了罢，反正菜不够吃，总是要添的。人说我们能自治，学生会，法庭都干起来罢；回头会也没有人到，费也没有人交，什么也都忘掉了。运动啊，演说啊，演戏啊，一切的啊，都是出风头底好工具。

“Our Tsing Hua's pride does still abide, and ever more shall stay！”

（六）浮躁　这更不用讲了。这本来是少年底气象，男儿好身手底本色！不独举动浮躁，行为也浮躁，语言也浮躁。mob spirit！！

（七）奢华　谁说清华学生不浪费？厨房、售品所不用讲，每星期还非看电影不可。贵胄公子，这一点安逸不能不讲。清华底生活看着寻常，其实比一般中等社会人都高；在平时还不觉得，到出洋时，真不差似中了状元，三、四、五、六百块，阔给你瞧瞧！

以上所述的这些，那样不是美国人底特色？没有出洋时已经这样了；出洋回来以后，也不过戴上几个硕士、博士、经理、工程师底头衔而已；那时这些特色只有变本加厉的。美国化呀！够了！够了！物质文明！我怕你了，厌你了，请你离开我罢！东方文明啊！支那底国魂啊！“盍归乎来！”让我还是做我东方的“老憨”吧！理想的生活啊！

“Oh！ raise up，return to us again，

And give us manners，virtue，freedom，power，”

败[1]

毕业后十二年，又回到母校，碰上第五级同学将毕业，印行年刊，要我几句话作纪念。这话应该有的是可说说的。真的，话太多，不知从何处说起。所以屡次抵赖，想索性不说了，正因这缘故。

要当兵，先去报名入伍，检验体格，及格了，才算一名入伍兵。（因为体格不合，以及其他的关系，求当兵而当不上的多着呢！）三个五个月不定，大早上操，下半天上讲堂，以后是野外实习，实弹射击。兵丁入伍以后，营盘里住下一年半载，晓得步法阵势射击等等，但是还算不得一个兵。要离开营盘，守壕冲锋，把死人踩在脚下，自己容许也挂了彩，这人才渐渐像一个兵了。什么时候才真正完成当兵的意义？打了败仗，带着遍体的鳞伤回来，剩下一丝气息，甚至连最后的这一点也没有，那也许更好。一个兵最大的出息，最光明的前途，是败，败得精光。

朋友们，现在我欢送你们这支生力军去应战。三年五年，十年八年后，再遇到你们，要看见你们为着争一个理想而赢来的那遍体的鳞伤。去了！我祝福你们——败！

① 原载 1933 年《国立清华大学年刊》。

可讲的话虽多，但精义已包括在这里了。恭维的话，吉利的话，是臭绅的虚伪，我鄙弃，想你们也厌恶。

民国二十二年三月十日

可怕的冷静[1]

一个从灾荒里长成的民族，挨着一切的苦难，总像挨着天灾一样，以麻木的坚忍承受打击，没有招架，没有愤怒，甚至没有呻吟，像冬眠的蛰虫一般，只在半死状态中静候着第二个春天的来临，——这样便是今天的中国，快挨过了第七个年头的国难，它还准备再挨下去，直到那一天，大概一觉醒来，自然会发现胜利就在眼前。客观上，战争与饥饿本也久已打成一片了，因此，愈是实质的战斗员，愈有挨饿的责任，不像人家最前线的人们吃得最好最饱，我们这里真正的饿莩恰恰就是真正的兵士。抗战与灾荒既已打成一片，抗战期中的现象，便更酷肖荒年的现象了。照例是灾情愈重，发财的愈多，结果贫穷的更加贫穷，富贵的更加富贵。照例是灾情严重了，呼吁的声音海外比国内更响，于是救济的主要责任落在外人身上，而国内人士，相形之下，便愈能显出他们那“不动心”的沉着而雍容的风度了。现在一切荒年的社会现象在抗战中又重演一次，不过规模更大，严重性更深刻些罢了。但是说来奇怪，分明是痼疾愈深，危机愈大，社会表层偏要装出一副太平景象的面孔。配合着冠冕堂皇的要人谈话和报纸社评的，是一般社会情绪今天一个画展，明天一个堂会，“顾左右而言他”的副刊和小报一天天充斥起来，内容一

---

① 原载1944年6月25日《云南日报》第二版“星期论文”栏。

天比一天软性化。从抗战开始以来。没有见过今天这样“众人熙熙，如享太牢，如登春台”的景象，这不知道是肺结核患者脸上的红晕呢，还是将死前的回光返照！

一部分人为着旁人的剥削，在饥饿中畜生似的沉默着，另一部分人却在舒适中兴高采烈的粉饰着太平，这现象是叫人不能不寒心的，如果他还有一点同情心与正义感的话。然而不知道是为了谁的体面，你还不能声张。最可虑的是不通世故而血气方刚的青年，面对这种事实，又将作何感想？对了，怕动摇抗战，但饥饿能抗战吗？粉饰饥饿就是抗战吗？如果抗战是天经地义，不要忘记当年的青年，便是撑持这天经地义最有力的支柱，可见青年盲目而又不盲目，在平时他不免盲目，在非常时期他却永远是不盲目的。原来非常时期所需要的往往不是审慎，而是勇气，而在这上面，青年是比任何人都强的。正如当年激起抗战怒潮的是青年，今天将要完成抗战大业的力量，也正是这蕴藏在青年心灵中的烦躁。这不是浮动，而是活力的脉搏。民族必需生存，抗战必需胜利，在这最高原则之下，任何平时的轨范都是可以暂时搁置的枝节。火烧上了眉毛，就得抢救。这是一个非常时期！

如果老年人中年人能负起责任，那自然更好，但事实上，战争先天的是青年人的工作（它需要青年的体质和青年的热情），所以如果老年人中年人肯负起责任，也只是参加青年的工作，或与青年分工合作，而不是代替青年的工作。战争既先天的是青年的工作，那么战时的国家就得以青年的意志为意志，虽则在战争的技术上，老年人中年人的智慧也是不可少的。

从抗战开始到今天，我们遭遇过两个关键，当初要不要抗战，是第一个关键，今天要不要胜利，是第二个关键，而第一个关键本来早已决定了第二个，因为既打算抗战，当然要胜利。但事实上目前的一切分明是朝着与胜利相反的方向发展，所以可怪的，是一部分人虽然看出方向的错误，却还要力持冷静，或从一些烦琐的立场，认为不便声张，不必声张。眼看青年完成抗战，争取胜利的意志必须贯彻，然而没有老年人中年人的智慧予以调节与指导，青年的力量不免浪费。万一还有人固执起来，利用他们的地位与力量，阻止了青年意志的贯彻，那结果便更不堪设想了。时机太危急了，这不是冷静的时候，希望老年人中年人的步调能与青年齐一，早点促成胜利的来临！大众的坚忍的沉默是可原谅的，因为他们是灾荒中生长的，而灾荒养成了他们的麻木，有着粉饰太平的职的人们是可原谅的，因为他们也有理由麻木。可是负有领导青年责任的人们，如果过度的冷静，也是可怕的，当这不宜冷静的时候！

愈战愈强[①]

回忆抗战初期，大家似乎不大讲到“胜利”，那时的心理与其说是胜败置之度外，还不如说是一心想着虽败犹荣。敌人是以“必定胜”的把握向我们侵略，我们是以“不怕败”的决心给他们抵抗。你无非是要我败，我偏偏不怕败，我不怕败，你便没有胜。那时人民的口号是“豁出去了！”“跟你拼了！”政府的策略是“破釜沉舟”，是“置之死地而后生”，人民和政府都不怕败，自然大家也不讳败，结果是我们愈败愈奋勇，而敌人真把我们没办法。

武汉撤退以后，渐渐听到“争取胜利”的呼声，然而也就透露了怕败的顾虑了。

开罗会议以后，胜利俨然已经到了手似的，而一般现象，则正好表示着一些人的工作，是在“争取失败”。事实昭彰，凡是有眼睛的都看到了，有良心的都指出了，这里无需我再说，我也不忍再说，于是愈是趋向失败，愈是讳言失败，自己讳言失败，同时也禁止旁人言失败。是否表面上“失败”绝迹了，暗地里便愈好制造失败呢？抗战到了这地步，大概也是一种“置之死地而后生”的办法罢？好了，那我以老百姓的资格，也就“豁出去了！”“跟你拼了！”

所以我今天想要算帐！

---

① 原载 1944 年 7 月《生活导报》。

算帐是一件麻烦事，但不要紧，大的做大的算，小的做小的算，反正从今以后，我不打算有清闲日子了！

比如眼前在我们昆明，就有一笔不大不小的账值得算一算。

昨天早起出门找报看，第一家报纸给了我一个喜讯，它老老实实地告诉我，衡阳的仗咱们打好了一点，我当然很高兴。但是看到第二家报纸，却把我气昏了，就因为那标题中“我军愈战愈强”六个大字。

编辑先生！我是有名有姓的，我虽不知道你姓名，但你也必然有名有姓，你若是好汉，就请出来跟我算清这笔帐！你所谓“愈战愈强”者，如果就是今天另一家报纸标题所谓“愈战愈奋”的意思，那我就原谅你，我可怜你中国人不大会处理中国文字。如果你那“强”字是甚么“四强之一”那类“强”的意思，那我就要控告你两大罪状：一，你侮辱了我们老百姓的人格。二，你出卖了你的祖国。

难道你就忘记了，卢沟桥的烽火一起，我们挺身应战，是为了我们有十二万分胜算的把握吗？老实告诉你，除了存心利用抗战来趁火打劫的败类之外，我们老百姓果真是怕败的话，就早已都投汪精卫去了。我相信在自由中国，每一个良善的中国人，当初既是抱了拼命的决心，胜也要打，败也要打，今天还是抱定这决心，胜也要打，败也要打，何况国际的客观环境已经好转，谁又是那样的傻子，情愿让它“功亏一篑”呢？所以你如果多多给我们报导些自身的缺点，那只会增加我们的戒惧心，刺激我们的努力。你以为我们真是那样“闻败则馁”的草包吗？你若那样想，便把我们看同汪精卫之流了，你晓得那是侮辱别人的人格吗？

闻败则馁的必也闻胜则骄，你既把我们当作闻败则馁的人，那你泄露了（杜撰罢？）许多乐观的消息，难道又不怕我们骄起来吗？明知骄是抗战的鸩毒，而偏要用“愈战愈强”来灌溉我们的骄，那你又是何居心？依据你自己的逻辑，你这就是汉奸行为，因此你是出卖了你的祖国，你又晓得吗？

我们倒不怕承认自身的“弱”，愈知道自身弱在哪里，愈好在各人自己的岗位上来尽力加强它。你说我们“愈强”，我倒要请你拿出事实来，好教我们更放心点。谁不愿意自己强呢！但信口开河是不负责任，存心欺骗更是无耻。六个字的标题，看来事小，它的意义却很重大。

用这字面的，本不只你一人，但是，先生，恕我这回拶住你了！你气得我一顿饭没吃好啊！然而如果在原则上你是受了谁的指示，那个指示你的人不也该是有名有姓的吗？如果他高兴，就请他出来说明也好。抗战是大家的抗战，国家是大家的国家，谁有权利来禁止我发问！

一个白日梦[①]

林荫路旁侍立着一排像是没有尽头的漂亮的黄墙，墙上自然不缺少我们这“文字国”最典型的方块字的装饰，只因马车跑得太快，来不及念它，心想反正不是机关，便是学校，要不就是营房。忽然两座约莫二丈来高，影壁不像影壁，华表不像华表，极尽丑恶之能事的木质构造物闯入了视野，像黑夜里冷不防跳出一声充满杀气的“口令！”那东西可把人吓一跳！那威风凛凛的稻草人式的构造物，和它上面更威风的蓝地白书的八个擘窠大字：

顶天立地

继往开来

也不知道是出自谁人的手笔，或那部“经典”。对子倒对得顶稳的。可是当时我并没有想到那些，我只觉得一阵头昏眼花，不是吓唬的，（稻草人可吓得倒人？）我的头昏眼花恰恰是像被某种气味熏得作呕时的那一种。我问我自己，这究竟是一种什么气味？怎么那样冲人？

我想起十字牌的政治商标，我明白了。不错，八个字的目的如果

① 原载1944年12月10日《自由论坛》第11期。

在推销一个个人的成功秘诀，那除了希特勒型的神经病患者，谁当得起？如果是标榜一个国家的立国精神，除了纳粹德国一类的世界里，又那儿去找这样的梦？想不出我们炎黄子孙也变得这样伟大！果然如此，区区个人当然也“与有荣焉”，——我的耳根发热了。

个人主义和由它放大的本位主义的肥皂水，居然吹起这种大而美丽的泡，看，它不但囊括了全部的空间（顶天立地0，还垄断了整个的时间（继往开来）！怕只怕一得意，吹得太使劲儿，泡炸了，到那时原形毕露，也不过那么小小一滴水而已。我真为它——也为我自己——捏一把汗。

个人等于身体的细胞，要一个人身体健全，不用说必需每个细胞都健全。但如果某个细胞太喜欢发达，以至超过它本分的限度而形成瘿瘤之类，那便是病了。健全的个人是必需的，个人发达到排他性的个人主义却万万要不得，如今个人主义还不只是瘿瘤，它简直是因毒菌败坏了一部分细胞而引起的一种恶性发炎的痈疽，浮肿的肌肉开着碗口大的花，那何尝不也是花花绿绿的绚烂的色彩，其实只是一堆臭脓烂肉。唉！气味便是从那里发出的吧！

从排他性的个人主义到排他性的民族主义，是必然的发展。我是英雄，当然我的族类全是英雄。炎性是会得蔓延的，这不必细说。

极端的个人主义者必然也是个唯心主义者。心灵是个人行为的发号施令者，夸大了个人，便夸大了心灵。也许我只是历史上又一个环境的幸运儿，但我总以为我的成功，完全由于自己的意志或精神力量，只因为除了我个人，我什么也没看见。我只知道向自己身上去发现成功的因素，追得愈深，想得愈玄，于是便不能不堕入唯心论的迷魂阵中。

一切环境因素，一切有利的物质条件，一切收入的帐簿被转到支出项下了，我惊讶于自身无尽的财富，而又找不出它的来源，我的结论只好是“天生德于予”了。于是我不但是英雄，而且是圣人了！

由不曾失败的英雄，一变而为不曾错误的圣人，我便与“真理”同体化了，因而“我”与“人”就变成“是”与“非”的同义语了。从此一切暴行只要是出于我的，便是美德，因为“我”就是“是”。到这时，可怜的个人主义便交了恶运，环境渐渐于我不利，我于是猜忌，疯狂，甚至迷信，我的个人主义终于到了恶性发炎的阶段，我的结局……天知道是什么！

人民的世纪[①]

——今天只有“人民至上”才是正确的口号

廿六年的光阴似乎白费了。今年我们这样热烈的迎接“五四”，证明我们还需要它，不，我们今天需要的，是一个比当年更坚强、更结实的“五四”，因为，很简单，今天的局面更严重了。

在说明这一点前，有一个观念得先弄弄明白，那便是多年来人们听惯了那个响亮的口号“国家至上”，国家究竟是什么？今天不又有人说是“人民的世纪”吗？假如国家不能替人民谋一点利益，便失去了它的意义，老实说，国家有时候是特权阶级用以巩固并扩大他们的特权的机构。假如根本没有人民，就用不着土地，也就用不着主权。只有土地和主权都属于人民时，才讲得上国家，今天只有“人民至上”，才是正确的口号。

知道国家并不等于人民，知道国家与人民的对立，才好进而比较今天和二十六年前的中国。

二十六年前的中国，国家蒙受绝大的耻辱，人民的地位却暂时提高了。第一次世界大战中袁世凯和日本帝国主义签订的二十一条件，是国家主权的重大损失，中国一心想趁巴黎和会的机缘把它收回，而终归失败，这对国家是直接的损失，对人民，老实说，并没有多大影响，而因了欧洲发生战事，帝国资本主义暂时退出，中国民族工业却

① 原载昆明《大路周刊》创刊号。

侥幸的得着一个繁荣机会，这对于人民的经济生活，倒是有一点实惠。今天情形和二十六年前，恰好是个反比例，国家在四强之一的交椅上，总算出了从来没有出过的风头，人民则过着比战前水准更低的生活。英美不但将治外法权自动取消，而且看样子美国还要非替中国收复失地不可，八年抗战，中国国家的收获不能算少，然而于人民何所有？老百姓的负担加重了，农民的生活尤其惨，国家所损失的已经取偿于人民，万一一块块的土地和人民赖以生存的物资连同人民一块儿丢给敌人，于国家似乎也无关痛痒，今天我才明白，所谓中国愈战愈强，大概强的是国家而不包括人民。

二十六年前，我们的国家还不大明白主权之所属，所以还不惜拿一大堆关系自己命脉的主权去为一个人换一顶过时的、褪色而戴起了并不舒服的皇冕，结果那人皇冕没有戴上，国家的主权已经失了，若不是人民起来一把拦住，还差点在卖身契上亲自打下手印，当时人民之所以这样做，当然以为主权还有着自己很大的份儿，所以实际上，那回是人民帮了国家一个大忙，虽则国家和人民都不知道。

经过二十六年的学习与锻炼，国家聪明了，它知道主权之可贵，所以对既失的主权，想尽方法向帝国主义索回，一方面对于未失去的主权，尽量从人民手里集中到自己手里来，有时 它还会使点权衡（编者注：疑为术字），牺牲点尚未集中的主权给邻居，这是因为除非是集中了主权不能算是它自己的主权，它当然也知道向人民不断的保证：凡是主权都是人民的，叫人民献出一切，缩紧腰带，拚了老命，捍卫了国家，自己却一无所得，连原有难足维持的生活的那点，都要丢光，这样，目前的国家和人民便对立起来了。

然而二十六年的光阴对人民也不能说是完全白费。至少，人民学了不少的乖，“上一回当，学一回乖”，人民永远是上当的，所以人民永远是进步的。

进一步的认识便是进一步的力量，所以今天我们期待着的“五四”是一个比二十六年前更坚强更结实的“五四”，我们要争取民主的国家，因为这是一个人民的世纪呀！

五四断想[①]

旧的悠悠死去，新的悠悠生出，不慌不忙，一个跟一个，——这是演化。

新的已经来到，旧的还不肯去，新的急了，把旧的挤掉，——这是革命。

挤是发展受到阻碍时必然的现象，而新的必然是发展的，能发展的必然是新的，所以青年永远是革命的，革命永远是青年的。

新的日日壮健着（量的增长），旧的日日衰老着（量的减耗），壮健的挤着衰老的，没有挤不掉的。所以革命永远是成功的。

革命成功了，新的变成旧的，又一批新的上来了。旧的停下来拦住去路，说："我是赶过路程来的，我的血汗不能白流，我该歇下来舒服舒服。"新的说："你的舒服就是我的痛苦，你耽误了我的路程，"又把他挤掉，……如此，武戏接二连三的演下去，于是革命似乎永远"尚未成功"。

让曾经新过来的旧的，不要只珍惜自己的过去，多多体念别人的将来，自己腰酸腿痛，拖不动了，就赶紧让。"功成身退"，不正是光荣吗？"后生可畏，焉知来者之不如今也！"这也是古训啊！

其实青年并非永远是革命的，"青年永远是革命的"这定理，只

① 原载1945年5月西南联大《悠悠体育会周年五四纪念特刊》。

在“老年永远是不肯让路的”这前提下才能成立。

革命也不能永远“尚未成功”。几时旧的知趣了，到时就功成身退，不致阻碍了新的发展，革命便成功了。

旧的悠悠退去，新的悠悠上来，一个跟一个，不慌不忙，那天历史走上了演化的常轨，就不再需要变态的革命了。

但目前，我们还要用“挤”来争取“悠悠”，用革命来争取演化。悠悠”是目的，“挤”是达到目的的手段。

于是又想到变与乱的问题。变是悠悠的演化，乱是挤来挤去的革命。若要不乱挤，就只得悠悠的变。若是该变而不变，那只有挤得你变了。

子在川上曰:“逝者如斯夫，不舍昼夜!”古训也发挥了变的原理。

谨防汉奸合法化[①]

百年以来，中华民族的历史是一部不断的反帝国主义反封建的斗争史，八年抗战依然是这斗争的继续。由于帝国主义与封建势力永远是互相勾结，狼狈为奸的，所以两种斗争永远得双管齐下。虽则在一定的阶段中，形式上我们不能不在二者之中选出一个来作为主要的斗争的对象，但那并不是说，实质上我们可以放松其余那一个。而且斗争愈尖锐，他们二者团结得也愈紧，抓住了一个，其余一个就跑不掉，即令你要放走他，也不可能。这恰好就是目前的局势。对外民族抗战阶段中的敌伪，就是对内民主革命阶段中的帝（国主义）封（建势力），这是无须说明的，而目前的敌伪，早已在所谓“共荣圈”中，变成了一个浑一的共同体，更是鲜明的事实。现在日寇已经投降，惩治日寇战犯的办法，固然需待同盟国共同商讨，但惩治汉奸是我们自己的事，然而直到今天，我们还没有听见任何关于处理汉奸的办法。

当初我们那样迫切要求对日抗战，一半固然因为敌人欺我太甚，一半也是要逼着那些假中国人和抱着委屈勉强做中国人的中国人，索性都滚到他们主子那边去，让我们阵线上黑白分明，便于应战，并且到时候，也好给他们一网打尽。果然抗战爆发，一天一天，汉奸集团愈汇愈大，于是一年一年，一个伪组织又一个伪组织，一批伪军又一

---

① 原载 1945 年 9 月 3 日昆明《中央日报胜利日特刊》第 3 版。

批伪军。但是那时我们并不着急，我们只有高兴，因为，正如上面所说，这样在战术上是于我们绝对有利的。可是到了今天，八年浴血苦斗所争来的黑白，恐怕又要被搅成八年以前黑白不分的混沌状态了。这种现象是中国人民所不能忍受的。硬要汉奸合法化了，只是掩耳盗铃的笨拙的把戏，事实的真相，每个人民心头是雪亮的。并且按照逻辑的推论，人民也会想到：使汉奸合法化的，自己就是汉奸，而对于一切的汉奸，人民的决心是要一网打尽的。因此，我们又深信八年抗战既已使黑白分明，要再混淆它，已经是不可能的。谁要企图这样做，结果只是把自己混进“黑名单”里，自取灭亡之道！

兽·人·鬼[①]

刽子手们这次杰作，我们不忍再描述了，其残酷的程度，我们无以名之，只好名之曰兽行，或超兽行。但既已认清了是兽行，似乎也就不必再用人类的道理和它费口舌了。甚至用人类的义愤和它生气，也是多余的。反正我们要记得，人兽是不两立的，而我们也深信，最后胜利必属于人！

胜利的道路自然是曲折的，不过有时也实在曲折得可笑。下面的寓言正代表着目前一部分人所走的道路。

村子附近发现了虎，孩子们凭着一股锐气，和虎搏斗了一场，结果遭牺牲了，于是成人们之间便发生了这样一串纷歧的议论：

——立即发动全村的人手去打虎。

——在打虎的方法没有布置周密时，劝孩子们暂勿离村，以免受害。

——已经劝阻过了，他们不听，死了活该。

——咱们自己赶紧别提打虎了，免得鼓励了孩子们去冒险。

——虎在深山中，你不惹它，它怎么会惹你?

——是呀！虎本无罪，祸是喊打虎的人闯的。

——虎是越打越凶的，谁愿意打谁打好了，反正我是不去的。

① 原载1945年12月9日3版《时代评论》第六期。

议论发展下去是没完的，而且有的离奇到不可想像。当然这里只限于人——善良的人的议论。至于那“为虎作伥”的鬼的想法，就不必去揣测了。但愿世上真没有鬼，然而我真担心，人既是这样的善良，万一有鬼，是多么容易受愚弄啊！

文艺评论

敬告落伍的诗家[①]

“告人此路不通行，可使脚力莫枉费。”

——胡适

诗体底解放早已成了历史的事实，我今天还来攻击“斗方派”的诗家，那不是一个笑话吗？可是如今真有不能不拿笑话当正话讲底情形呢。

清华本不曾识过文学底面。新文学底声音初传到我们耳朵里的时候，曾惹起一阵“吴牛喘月”底声潮，但是那值得了些什么？新的做了一回时髦，旧的发了一顿腐气，其实都是“夏蛙语冰”，谁也不曾把文学底真意义闹清楚了。

到了一九二〇秋天，国文部忽然心血来潮，添了一门美术文，把一堆《兵车行》《将进酒》《琵琶行》《永和宫词》一类的“陈猫古老鼠”又搬出来卖了一回看。不独美术文底讲义是诗，便是国文，外交史，伦理学，文学史，那个教室里不谈几句诗？惹动一般人兴会盎然，跃跃欲试。老师们又常用“熟读唐诗三百首，不会吟诗也会吟”底陈话来鼓励鼓励。于是人人都摇起笔来，“平平仄仄……”的唱开了，把人家闹了几年的偌大一个诗体解放底问题，整个忘掉了。唉，

① 原载1921年3月11日《清华周刊》第211期。

真有桃花源里“不知有秦[1]，汉，遑论魏晋”底遗风呵！现在《周刊》新辟了一个文艺栏，我恐怕不久那些《晚眺》《圆明园怀古》《游大钟寺》《哭亡友某君》等等底玩意儿都要出现了呢！

括达括达，一齐在岸边大道上往前走。
好梦初醒的人，
今番再不使出一点脚腿底本能来，
可就要“拉下”了。

——沈兼士

我诚诚恳恳地奉劝那些落伍的诗家，你们要闹玩儿，便罢，若要真做诗，只有新诗这条道走，赶快醒来，急起直追，还不算晚呢。若是定要执迷不悟，你们就刊起《国故》来也可，立起“南社”来也可，就是做起试帖来也无不可，只千万要做得搜藏一点，顾顾大家底面子。有人在那边鼓着嘴笑我们腐败呢！

若要知道旧诗怎样做不得，要做诗，定得做新诗，看看下列这几篇文就够了：

《我为什么要做新诗？》

——胡适（《新青年》六卷五号或《尝试集》

《谈新诗》

——胡适（八年十月《星期评论》五号）

《新诗底我见》

——康白情（《少年中国》一卷九期）

三，三。

① “秦”，当系衍字。

评本学年《周刊》里的新诗[①]

我个人最不满意于《周刊》的是文艺栏，文艺栏底坏就在几首诗，其中除极少数外，不论新体旧体，都不应登出。

旧诗底破产，我曾经一度地警告落伍的诗家了，无奈他们还是执迷不悟，真叫我好气又好笑。旧诗既不应作，作了更不应发表，发表了，更不应批评。蒲扑（Pope）讲：

> The generous critic fanned the poet's fire,
> And taught the world with reason to admire.
> Then criticism the Muse's handmaid proved,
> To dress her charms and make her more beloved.

所以批评旧诗便是提倡旧诗了。这与我的主张有冲突。一年来《周刊》所载的新诗共十六首，其中《西岸》《时间底教训》《黄昏》《印象》《美与爱》同《爱的风波》六首是我自己的作品，不便批评。其余十首将逐一论之。

诗底真价值在内的原素，不在外的原素。“言之无物”“无病而呻”的诗固不应作，便是寻常琐屑的物，感冒风寒的病，也没有入诗

① 原载 1921 年 6 月《清华周刊》第 7 次增刊。

底价值。下面的批评首重幻象，情感，次及声与色底原素。

（一）《一回奇异的感觉》

这个作品确是诗人底诗。“奇异的感觉”便是ecstasy，也便是一种炽烈的幻象；真诗没有不是从这里产生的。克慈（keats）底名句：

——Then on the shore

Of the wide world 1 stand alone, and think
Till love and fame to nothingness do sink.

便是一个好例。真诗人都是神秘家（mystics）。《一回奇异的感觉》所占位置很高，就因他的神秘的原素。看这两行便知道作者那“遗世高举”，“御风而行”底幻象：

嫌森森的松柏影，叠叠的潭波光，
和云尾粉红的浅霞，阻我同自然体会。

作者底灵魂希与自然结合，却嫌外物扰乱他的官能，打断那一缕游丝的幻想。这同庄子“心无天游，则六凿相攘”一语正互相发明。

然而灵鸟飞去了，耳边回复淌来远近的声音。小鱼分外崩崩地在池里跳。

睁眼看，他们点水微跃；
一转念，连鱼也不见了。

苏轼《和桃花源诗》里有“心闲偶自见，念起忽已逝”两句，便同这一般的经验。

这首诗调底音节也极好。第一节第二句底两套双声尤其铿锵。周君自己曾讲过，“——森森——松”“叠叠——潭——”很合调。那回做首弹棉诗，这韵定须记取。诗中好几处描写我还以为未到“尽美”底地步，我曾有几个修改底提议，周君没有全数采纳，到如今这几个未蒙采纳的意见，我还不肯取消，现在提出同大家讨论。第一节第二句顶上我想加个“还”字，这样将在句底音节似能变得更加灵活一点，并且“还”字回应上句“夭幸”，意思更紧一层。“叠叠的潭波光”底的“潭”字，我拟以“簟”字代替。李益诗“水纹珍簟思悠悠”。以簟纹比波纹不独形相酷似且能暗示水波底凉意。这样一个好比喻不用反用那抽象的“潭”字，岂不可惜？况且“潭波光”连着三个平声，很不谐和，换进一个仄声的“簟”字，便可免去这个毛病。“和云尾粉红的浅霞”我以为也还可“精益求精”。前句里讲到了松柏影子同潭水底光，可见这时阳光很烈，在这句里写云霞便当特别把他映射着闪耀夺目的日光底神气绘出来。但是粉色是不透光的，“浅”字也不能提示光闪底意思，所以“粉红”同“浅霞”有修改底余地。我的意思是“粉”改“嫩”，“浅霞”改“薄绡”。我不知道这个改法达到我的目的没有。有人或要说我这样评诗太腻烦了，未免失之小气。我的答复是：若不这样洗刷一番，这首诗底内部底美便可惜了。鲁瑟提（Rossetti）说得好：

> Whose speech truth knows not from her thought,
> Nor love her body from her soul.

美的灵魂若不附丽于美的形体，便失去他的美了。

（二）《给玳姨娜》

批评这首诗吗？从哪里讲起呢？诗人说：

玳姨娜，可使我的心
同你这颗钻一样?

我只觉得他若没有一颗宝钻的心，那吐得出这样清光夺目，纤尘不染的宝钻的作品呢！这里的行数、音节、韵脚完全是一首十四行诗（sonnet）。绍介这种诗体，恐怕一般新诗家纵不反对，也要怀疑。我个人的意见是在赞成一边。这个问题太重大复杂，不能在这里讨论。我作《爱底风波》，在想也用这个体式，但我的试验是个失败。恐怕一半因为我的力量不够，一半因为我的诗里的意思较为复杂。浦君这个作品里有些地方音节稍欠圆润；不过这是他初次试验这种体式，已有这样的结果，总算是难能可贵了。

（三）《圆黄的月》

这是一首译诗。他的句法整饬而不现拘板，辞指圈达而不乖原意，确是译中佳品。

（四）《忆旧游》

这首诗以末一节为最佳：

笑语清歌依旧回到心头，
重温旧时游，只低头踟蹰，
低头踟蹰，究竟难于久留；
且留——且留——，让心头被——酸——冷——浸透。

写“离群索居”底一种心境恰到好处。他的音节底优美有二种关系。（一）双声、叠韵底关系：四行中叠尤韵十五次（旧、头、旧、游、头、蹰、头、蹰、究、久、留、留、留、头、透），叠青韵七次（清、心、温、竟、心、冷、浸），叠支韵七次（依、低、只、踟、时、低、踟）；

又到、头、低、头、低、头、头、透，是八个双声字，重、时、只、踟、蹰、踟、蹰、酸，又是八个双声字，旧、旧、究、竟、久、浸，是六个双声字。（二）引起听官的明了感觉的字法底关系：四句中几乎都是低窄沈缓的声响，正好引起“低头踟蹰”底感觉。姜白石词，“渐唤我一叶夷犹乘兴”，便是用这一样的方法来形容平湖荡舟底感觉。前两节意境寻常，第二节尤落窠臼，似乎同末节不大相称。

（五）《出俱乐会场的悲哀》

这首诗底背景里藏着一个重要的社会问题，很有研究底价值。性欲同杀欲这两个冲动虽已被文化征服，但其遗根未断，常时于无意中发泄出来。他们发泄底时候能唤起一种特别的快感，这是天性受强勉的压制底反动底结果。试看我们在俱乐场中所作种种游戏，同所行种种罚令便知道。例如游戏的格斗同比赛，猜谜同引人入阱，令人作难的“恶作剧”，又如假示爱情的言语同行动，如接吻，宠媚拥抱等罚令，我们为什么都认为极有趣味的事呢？因为我们的原始的冲动得了发泄的机会，换言之，即性欲杀欲发作了。研究“精神分析”者佛洛德（Freud）指明婴孩底性的生活对于成人生活有四种影响：（一）sadism（虐待别人），（二）masochism（虐待自己以取快感），（三）voyeur' s instinct（窥看别人的裸体），（四）exhibitionism（自露不以为耻）。上述各例中，格斗，竞赛同种种引人入阱，令人作难的“恶作剧”是 sadistic；猜谜同拼字比赛等是 masochistic。（莫德尔 Albert Mordell 底《文学中爱的原素》一书里讲：“虐待自己以取快感的婴孩，长大时，必喜解决困难的问题，他甘受这种痛苦以为乐。”）俱乐场里常常罚人解脱衣裤，这又是 voyeur 底行为了。至于接吻，拥抱，同表示爱情的话当然是性欲底表现了。这些隐伏的欲望在一个普通合理的人不会发现，假若发现，我们不说他疯癫，必斥为下流。但是一到大庭广众的俱乐场中，人人底理性弛放了，而伏命于原始的冲动之下，不独不以这种举动为丑，并且以为可乐。电影诱人，便是利用这种心理。这种现象是文化底仇敌，除极少数人能置身于物质世界之上，一大半人不能逃脱他的影响。作者在一个俱乐会场——一个原始冲动猖獗最甚的环境里，自己因有把握，不怕受他的害，所以

> 便湿了无妨，脱却湿衣还是我；

但他很替别的“弄潮儿们”担忧，喊道：

> 天可怜那弄潮儿们，
> 少叫他们遭几场危险！

论到这首诗底艺术，思想超卓，情感真挚，可惜词略旨晦，而且幻象力甚薄，不能引起读者浑身底明了真切的感觉，所以不能算完美的作品。

（六）《雪》

《雪》的序子里讲：“我因此类题目，已被已往的‘诗人’糟蹋得不成模样，无心于发挥本题，转而骂人。”没有感兴不能作 诗。这是一首应试底作品，作者于本题原来没有真实的感兴，所以他不作无病之呻，而在题外发挥议论。作者既自己承认了这一点，我就当这个作品一篇论读，不当他一首诗读，所以他的干燥枯索，缺乏诗的滋味，我也不怪他。他的音节可是极铿锵，但是单靠音节，不能成诗。有一个问题我到愿同作者讨论，便是他那清教主义（Puritanism）到底宜否施于艺术呢?

作者说“诗人”不应该将“冰肌，玉骨，素服，淡妆”等字样来“女化”（effeminize）雪。试问诗人为什么要这样描写雪呢？因为女性是诗人底理想，诗人眼里宇宙间最高洁醇美的东西便是女性，所以他要用最高贵的言语赞颂雪底美，便不得不讲女性。吴次沃（Wordsworth）底 She was a phantom of Delight 底结局最足代表诗人世界底女性：

A perfect woman, nobly planned,
To warm, to comfort and to command.
And yefta spirit still and bright,
With something of angelic light.

若是没有女人，一大半的诗—— 一大半最宝贵的诗，不会产生了。况且雪底洁白尤能代表女性底 angelic light 所以我们可以想到沈约底“婵娟入绮窗，徘徊惊情极”，孟浩然底“态比洛川神”同苏轼底“作态至飞正愁绝”一类的句子里都是无意中想着雪是个美女。这种想象是极天然的，并不是牵强挡作的。至于下面这一律：

寒气先浸玉女扉，
清光旋透省郎闱。
梅花大庾岭头发，
柳絮章台街里飞。
欲舞定随曹植马，
有情应湿谢庄衣。
龙山万里无多远，
留待行人二月归。

非李商隐那样堕落的诗家决做不出。我想温飞卿、李义山这派人底思想根本已经受毒了，所以他所见所闻的无往而非“章台舞絮，陌巷飞花”，这便是俗语讲的“狗嘴里吐不出象牙来”。这种诗家究竟是时代的畸形底产物。有人说义山底作品是“美人香草”之遗音，未免污辱屈原底人格罢。《雪》底作者说：

亏得你的歌讴——文章，
变做了“倚市门”的私娼。
宇宙化的“琵琶巷”！

这若是概指古来全体的诗家，便太武断了！

（七）《慈母》

我不能怀疑《慈母》底情感的根据，但作者不懂艺术，所以有了意思达不出来，达的不象诗。引孟东野“慈母手中线，游子身上衣”之句，当加以括弧，这是文法底通例，作者应该知道。并且原句的次序可以不必颠倒，因颠倒了，没有好处，依原样，“衣”还可同“记”“子”为韵。这样不要钱买的天然的韵脚，何必不用呢？“你只用你慈母心”不成一句话。

（八）《冬天》

这首诗底要旨是在这两句：

穷人冻饿交迫，转于沟壑……
心正严肃的冬天也会杀人么？

这个诗人不是无病而呻，乃是小小感冒，不必呻而呻。诗人胸中底感触，虽到发酵底时候，也不可轻易放出，必使他热度膨胀，自己爆裂了，流火喷石，兴云致雨，如同火山一样——必须这样，才有惊心动魄的作品。诗人总要抱着这句话做金科玉律："可以不作就不作。"现在一般作诗文底一个通病便是动笔太容易了。《冬天》里这种感触虽是真挚，但寻常得很，若照这样作诗，那一个普通有心肠的人一天不知要作多少诗。寻常的情操（sentiment）不是不能入诗，但那是点石成金的大手笔底事，寻常人万试不得。伯恩（Burns）便是以情操胜；"Cotter's saturday night"是一个好例。

《冬天》还犯一个难赦的大罪，便是说话没有逻辑。

> 一夜北风，吹不破我的梦。
> 落叶满地；几条吹不断的枯枝，颤嶷嶷[①]的摇动。
> 可怜小鸟，飞去又飞来，何处傍依……
> 我自被里探头一乐，
> 才晓得无情的冬天已经赶到了。

北风都吹不破他的梦，可见他睡得很熟了。然则那叶，摇动的枯枝同飞翔的小鸟是怎样看见的呢？是梦里看见的吗？看见了落叶，枯枝，小鸟，然后从被里探出头来，更是奇事了。这些地方证明作者并不只不会作诗，还不会讲话呢。"乐"字用得也怪；是排印底错误？"穷人冻饿交迫，转于沟壑"一句怎样见得是诗，不是散文？

（九）《月食》

这是以月蚀比目前的中国，受人凌辱，耻笑，将来劫运退了，还

① "嶷嶷"，疑为"巍巍"误。

能重见光明。这个比喻未尝不确当，并且能演成一首好诗。但是这一首可闹糟了，最大的原因便是诗人自身在诗中处什么地位，持什么态度，太没有表明清楚。要知道诗是个最主观的艺术，而这个又是一首抒情诗（lyric），作者怎能这样疏忽呢？他先讲，“好象人间只有我。”好极了，这正是诗人底口气；诗人应当以

> …………the only holders by
> His sun-skirts, through conventional gray glooms,
> The only teachers who instruct mankind.

自居。所以下面讲“天黑地暗”底地方，我们当然盼望这位诗人定能做点“扶天柱，系地维”底大事业。谁知道他只“欲救不能的望着”，直望到“倦了”，望到“好象人间没有我”了！来无影，去无踪，白白地望了一生，这就是诗人底生活吗？他或要说他的哲学是出世的；“人间没有我”，“我”许在理想世界里。这也说得过去，但是再往下读：

> 但是不到三点钟的功夫，
> 我还是我，

这个“我”又是从那里来的呢？我来我去，神出鬼没，到底不知为的什么。照诗面看来，世界初是光明，次变黑暗，终复光明；这有[①]无变迁都是自然而然的。世界既会自明自暗，要这位诗人在那里空忙些什么呢？所以这样看来，作者就不应把“我”字拉进诗里去。既拉进

① 原无“有”字，参酌文意补。

了，便应清清楚楚地派他一个位置，或主体或客听。换言之，诗家须有一种哲学，那便是他赐给人类的福音。作者若有一种人生观，——我不知道他有没有，若是有，他应该讲出来——这诗里便是表现底好机会；并且若是表现的得法，这首诗也就成了好诗。如今国运兴而复衰，衰而复兴，

吹皱一池春水，干卿何事！

象这样的诗似可不作。作者或要讲他并不是诗家，不过随着兴会，写了几句，借以消遣。啊，对了！你说你不是诗家，你便不当做诗。诗不是为消遣的。做诗不能讲德谟克拉西。诗是诗家做的，犹之机器是工程师管的，病是医生诊的。

同是写月底诗，都讲到星，都讲到银河，《给玳姨娜》多么字烹句炼，清光烂然，《月食》便落窠臼了。诗人遇到容易描写的题目，偏自限于窄狭的方法，而愈见精采。我相信《月食》若到《给玳姨娜》底作者手里，他定能制出一首很好的紧紧凑凑的十四行诗。《月食》底作者若肯多费一番"刿目钵心"的锻炼底功夫，他的结果又何至如现在这样满纸空话，索然无味呢？

诗能感人正在一种"龙文百斛鼎，笔力可独扛"之处，这种力量（英文当译为 intensity）有时一个字便可带出，如东坡底"欲把笙歌暖锋镝"底"暖"字直能吓煞人。克兹所谓"不是使读者心满意足，是要他气都喘不出"，便是这个意思。造成这种力量，幻象最要紧。《月食》底作者描写夜景，将天空、星辰、银河、花鸟、杨柳、灯光、空气等如同记帐样报过一遍，我们看了，一点真确明了的幻象也感觉不到。我恐怕作者当时自身的感觉也不十分剧烈，不能唤起自己的明了的幻象，只为要做诗，便忙忙写下，所以得了这个不能唤起读

者底幻象的“麻木不仁”的作品。

忽然东邻的黑云蚕食你，
点点的星光耻笑你，
簇簇的天河不顾你。

这一节里稍有几分薄弱的幻象力，但离美满的程度还远。我的《美与爱》里也有同样的一节：

屋角底凄风叹了一声，
惊醒懒蛇滚了几滚；
月色白得可怕，许是恼了？
张着大嘴的窗子又像笑了！

我觉得我的幻象比较地深炽，所以我这幅画比较地逼真一点。耻笑的星，漠不关心的天河该是个什么状态，《月食》底作者应用几个生动的形容词描写出来，但他随便用“点点”“簇簇”四个无声无色的字带过去了，好像用他们是为凑满字数的。“点点”同“耻笑”、“簇簇”同“不顾”有什么关系呢？既没有关系，何必用他们呢？科雷矶（Coleridge）讲诗是 The best words in best order，所以诗里不应有一个虚设的字。

月色白得可怕，许是恼了？
张着大嘴的窗子又像笑了！

可怕的白色的确是生气底模样，张着大嘴的确是笑底模样；有了这两个形容小句，然后恼了的月儿同笑着的窗子两副面孔，便历历地呈露于读者底眼前。这便是幻象底功用。

但是不到三点钟底功夫……

诗人底时间底观念这样 mathematicmy accurate！但是他岂不是两点五十九分五十九秒吗？毕竟艺术是艺术，科学是科学，请作者特别留意。

（十）《游圆明园》

这位诗人作惯旧诗，还脱不了那对仗排偶底“枷锁铐镣”。这一首诗径直是一段大鼓词，没有幻象，没有感情，而且风格俗得不堪。看这几句笨得多厉害！

昔日金銮玉辇相经过，今日牧童樵夫空来往。可知天地靡穷极，盛衰变化本无常。

安知今日富家翁，他日不作乞钱郎？

这不过是举一个例，其实全首差不多都是这个“酸”调儿，他引起我近来听到大楼地室里的国粹音乐底滋味儿。这首诗实在不过是一首旧诗，插进几个“了”“的”，注上一套“！”“？”罢了。新诗决不是这样做的。我并不是说做新诗不应取材于旧诗，其实没有进旧诗库里去见过识面的人决不配谈诗。旧诗里可取材的多得很，只要我们会选择。例如那锣鼓式的音节决定学不得。乐府，词，曲底音节比较地还可以借用，诗底音节决不可借。如前面评过的《忆旧游》底末节便是脱胎于词调的。但那种音节总不若借内部词句底组织而发生的音节为妙。我节录康白情底《送客黄浦》作例：

送客黄浦，
我们都攀着缆，——风吹着我们的衣裳，——
站在没遮阑的船楼边上。
看看凉月丽空，
才显出淡妆的世界。
我想世界上只有光，
只有花，
只有爱！

总括起来讲，上面这十首诗中《圆黄的月》是件译品，当作例外，其余的，《一回奇异的感觉》以幻象、音节胜，《给玳姨娜》以情感、藻绘胜；我不能强分轩轾。其次便算《忆旧游》，但看他的头两节，似乎又不应列的这样高上。《出俱乐会场的悲哀》同《雪》各有长短，难分甲乙。我把《慈母》《冬天》放在《月食》之前，因为两首有情感的根据，不是无病而呻（《慈母》尤胜于《冬天》），但是《月食》似乎是“做”诗了。两位作家底艺术都太不讲究。《游圆明园》尽是旧诗底渣滓，新诗底精神又没有捉摸到，所以是劣等的作品。

本来不是专门诗家的诗，不必批评，因为他经不起批评。但是《周刊》要出批评号，别的部分都有了，批评这一部分似乎不可独缺。况且我也不是专门批评家，以初学的批评家批评初学的作家，想没有什么不可罢。我的批评有太过或不及之处，希望作者同读者指教。愿大家拿讨论各校内问题底精神来讨论文学！

五，二八

《女神》之时代精神[1]

若讲新诗，郭沫若君的诗才配称新呢，不独艺术上他的作品与旧诗词相去最远，最要紧的是他的精神完全是时代的精神——二十世纪底时代的精神。有人讲文艺作品是时代底产儿。《女神》真不愧为时代底一个肖子。

（一）二十世纪是个动的世纪。这种的精神映射于《女神》中最为明显。《笔立山头展望》最是一个好例——

大都会底脉搏呀！
生底鼓动呀！
打着在，吹着在，叫着在，……
喷着在，飞着在，跳着在……
四面的天郊烟幕蒙笼了！
我的心脏呀，快要跳出口来了！
哦哦，山岳底波涛，瓦屋底波涛，
涌着在，涌着在，涌着在，涌着在呀！
万籁共鸣的 symphony，
自然与人生的婚礼呀！
…………

---

① 原载 1923 年 6 月 3 日《创造周报》第 4 号。

恐怕没有别的东西比火车底飞跑同轮船的鼓进（阅《新生》与《笔立山头展望》）再能叫出郭君心里那种压不平的活动之欲罢？再看这一段供招——

今天天气甚好，火车在青翠的田畴中急行，好像个勇猛沉毅的少年向着希望弥满的前途努力奋迈的一般。飞！飞！一切青翠的生命，灿烂的光波在我们眼前飞舞。飞！飞！飞！我的“自我”融化在这个磅礴雄浑的Rhythm中去了！我同火车全体，大自然全体，完全合而为一了！我凭着车窗望着旋回飞舞着的自然，听着车轮鞺鞳的进行调，痛快！痛快！……

——《与宗白华书》（《三叶集》第138页）

这种动的本能是近代文明一切的事业之母，他是近代文明之细胞核。郭沫若底这种特质使他根本上异于我国往古之诗人。比之陶潜之——

结庐在人境，而无车马喧：

一则极端之动，一则极端之静，静到——

心远地自偏，

隐遁遂成一个赘疣的手续了，——于是白居易可以高唱着——

大隐隐朝市，

苏轼也可以笑那——

“北山猿鹤漫移文”了。

（二）二十世纪是个反抗的世纪。“自由”底伸张给了我们一个对待权威的利器，因此革命流血成了现代文明底一个特色了。《女神》中这种精神更了如指掌。只看《匪徒颂》里的一些。——

> 一切……革命底匪徒们呀！
> 万岁！万岁！万岁！

那是何等激越的精神，直要骇得金脸的尊者在宝座上发抖了哦。《胜利的死》真是血与泪的结晶；拜伦，康沫尔底灵火又在我们的诗人底胸中烧着了！

> 你暗淡无光的月轮哟！我希望我们这阴莽莽的地球，在这一刹那间，早早同你一样冰化！

啊！这又是何等的疾愤！何等的悲哀！何等的沉痛！——

> 汪洋的大海正在唱着他悲壮的哀歌，
> 穹隆无际的青天已经哭红了他的脸面，
> 远远的西方，太阳沉没了！——
> 悲壮的死哟！金光灿灿的死哟！凯旋同等的死哟！胜利的死哟！
> 兼爱无私的死神！我感谢你哟！你把我敬爱无暨的马克斯威尼早早救了！
> 自由底战士，马克斯威尼，你表示出我们人类意志底权威如此伟大！

我感谢你呀！赞美你呀！“自由”从此不死了！
夜幕闭了后的月轮哟！何等光明呀！

（三）《女神》底诗人本是一位医学专家。《女神》里富有科学底成分也是无足怪的。况且真艺术与真科学本是携手进行的呢。然而这里又可以见出《女神》里的近代精神了。略微举几个例——

你去，去寻那与我的振动数相同的人；
你去！去寻那与我的燃烧点相等的人。

——《序诗》

否，否。不然！是地球在自转，公转。

——《金字塔》

我是X光线底光，
我是全宇宙底 enersy 底总量！

——《天狗》

我想我的前身
原本是有用的栋梁，
我活埋在地底多年，
到今朝才得重见天光。

——《炉中煤》

你暗淡无光的月轮哟……早早同你一样冰化！

——《胜利的死》

至于这些句子像——

我要把我的声带唱破，

——《梅花树下醉歌》

我的一枝枝的神经纤维在身中战栗，

——《夜步十里松原》

还有散见于集中的许多人体上的名词如脑筋，脊髓，血液，呼吸，……更完完全全的是一个西洋的doctor底口吻了。上举各例还不过诗中所运用之科学知识，见于形式上的。至于那讴歌机械底地方更当发源于一种内在的科学精神。在我们的诗人底眼里，轮船的烟筒开着了黑色的牡丹是“近代文明底严母”；太阳是亚波罗坐的摩托车前的明灯；诗人底心同太阳是“一座公司底电灯”；云日更迭的掩映是同探海灯转着一样；火车底飞跑同于“勇猛沉毅的少年”之努力，在他眼里机械已不是一些无声的物具，是有意识有生机如同人神一样。机械底丑恶性已被忽略了；在幻象同感情底魔术之下他已穿上美丽的衣裳了呢。

这种伎俩恐怕非一个以科学家兼诗人者不办。因为先要解透了科学，亲近了科学，跟他有了同情，然后才能驯服他于艺术底指挥之下。

（四） 科学底发达使交通底器械将全世界人类底相互关系捆得更紧了。因有史以来世界之大同的色彩没有像今日这样鲜明的。郭沫若底《晨安》便是这种 cosmopolitanism 底证据了。《匪徒颂》也有同样的原质，但不是那样明显。即如《女神》全集中所用的方言也就有四种了。他所称引的民族，有黄人，有白人，还有“有火一样的心肠”的黑奴。他所运用的地名散满于亚美欧非四大洲。原来这种在西洋文学里不算什么。但同我们的新文学比起来，才见得是个稀少的原质，同我们的旧文学比起来更不用讲是破天荒了。啊！诗人不肯限于国界，却要做世界底一员了；他遂喊道——

晨安！梳人灵魂的晨风呀！
晨风呀！你请把我的声音传到四方去罢！

——《晨安》

（五） 物质文明底结果便是绝望与消极。然而人类底灵魂究竟没有死，在这绝望与消极之中又时时忘不了一种挣扎抖擞底动作。二十世纪是个悲哀与兴奋底世纪。二十世纪是黑暗的世界，但这黑暗是先导黎明的黑暗。二十世纪是死的世界，但这死是预言更生的死。这样便是二十世纪，尤其是二十世纪底中国。

流不尽的眼泪，
洗不净的污浊，
浇不熄的情炎，
荡不去的羞辱。

——《凤凰涅槃》

不是这位诗人独有的，乃是有生之伦，尤其是青年们所同有的。但虽处的青年虽一样地富有眼泪，污浊，情炎，羞辱，恐怕他们自己觉得并不十分真切。只有现在的中国青年——“五四”后之中国青年，他们的烦恼悲哀真像火一样烧着，潮一样涌着，他们觉得这“冷酷如铁”，“黑暗如漆”，“腥秽如血”的宇宙真一秒钟也羁留不得了。他们厌这世界，也厌他们自己。于是急躁者归于自杀，忍耐者力图革新。革新者又觉得意志总敌不住冲动，则抖擞起来，又跌倒下去了。但是他们太溺爱生活了，爱他的甜处，也爱他的辣处。他们决不肯脱逃，也不肯降服。他们的心里只塞满了叫不出的苦，喊不尽的哀。他们的心快塞破了，忽地一个人用海涛底音调，雷霆底声响替他们全盘唱出来了。这个人便是郭沫若，他所唱的就是《女神》。难怪个个中国青年读《女神》没有不椎膺顿足同《湘累》里的屈原同声叫道——

> 哦，好悲切的歌词！唱得我也流起泪来了。
> 流罢！流罢！我生命底泉水呀！你一流了出来，
> 好像把我全身底烈火都浇息了的一样。
> ……你这不可思议的内在的灵泉，你又把我苏活转来了！

啊！现代的青年是血与泪的青年，忏悔与奋兴的青年。《女神》是血与泪的诗，忏悔与奋兴的诗。田汉君在给《女神》之作者的信讲得对：“与其说你有诗才，无宁说你有诗魂，因为你的诗首首都是你的血，你的泪，你的自叙传，你的忏悔录啊！”但是丹穴山上的香木不只焚毁了诗人底旧形体，并连现时一切的青年底形骸都毁掉了。凤凰底涅槃是诗人与一切青年底的涅槃。凤凰不是唱道？——

我们更生了！

我们更生了！

一切的一更生了！

一的一切更生了！

我们便是他，他们便是我！

我中也有你，你中也有我！

你便是你，

我便是我！

奇怪得很，北社编的《新诗年选》偏取了《死的引诱》作《女神》的代表之一。他们非但不懂读诗，并且不会观人。《女神》底作者岂是那样软弱的消极者吗？

你去！去在我可爱的青年的兄弟姊妹胸中；

把他们的心弦拨动，

把他们的智光点燃罢！

——《序诗》

假若《女神》里尽是《死的引诱》一类的东西，恐怕兄弟姊妹底心弦都被他割断，智光都被他扑灭了呢！

原来蹈恶犯罪是人之常情。人不怕有罪恶，只怕有罪恶而甘于罪恶，那便终古沉沦于死亡之渊里了。人类的价值在能忏悔，能革新。世界的文化也不过由这一点发生的。忏悔是美德中最美的，他是一切的光明底源头，他是尺蠖的灵魂渴求展伸的表象。

唉！泥上的脚印！
你好像是我灵魂儿的象征！
你自陷了泥涂，
你自会受了蹂躏。
唉，我的灵魂！
你快登上山顶！

——《登临》

所以在这里我们的诗人不独喊出人人心中底热情来，而且喊出人人心中最神圣的一种热情呢！

泰果尔批评[①]

听说 Sir Rabindranath Tagore 快到中国来了。这样一位有名的客人来光临我们，我们当然是欢迎不暇的了。我对客人来表示了欢迎之后，却有几句话要向我们自己——特别是我们的文学界——讲一讲。

无论怎样成功的艺术家，有他的长处，必有他的短处。泰果尔也逃不出这条公例。所以我们研究他的时候，应该知所取舍。我们要的是明察的鉴赏，不是盲目的崇拜。

哲理本不宜入诗，哲理诗之难于成为上等的文艺正因这个缘故。许多的人都在这上头失败了。泰果尔也曾拿起 Ulysses 底大弓尝试了一番，他也终于没有弯得过来。国内最流行的《飞鸟》，作者本来就没有把他当诗做；（这一部格言，语录和“寸铁诗”是他游历美国时写下的。Philadelphia Public Ledger 底记者只说“从一方面讲这些飞鸟是些微小的散文诗”，因为他们暗示日本诗底短小与轻脆。）我们姑且不必论他。便是那赢得诺贝奖的《偈檀迦利》和那同样著名的《采果》，其中也有一部分是诗人理智中的一些概念还不曾通过情感的觉识。这里头确乎没有诗。谁能把这些哲言看懂了，他所得的不过是猜中了灯谜底胜利的欢乐，决非审美的愉快。这一类的千熬百炼的哲理的金丹正是诗人自己所谓

① 原载 1923 年 12 月 3 日《时事新报》副刊《文学》第 99 期。

Life's harvest mellows into golden wisdom.

然而诗家底主人是情绪，智慧是一位不速之客，无须拒绝，也不必强留。至于喧宾夺主却是万万行不得的！

《偈檀迦利》同《采果》里又有一部分是平凡的祷词。我不怀疑诗人祈祷时候的心境最近于 ecstacy，ecstacy 是情感底最高潮，然而我不能承认这些是好诗。推其理由，也极浅鲜。诗人与万有冥交的时候，已经先要摆脱现象，忘弃肉体之存在，而泯没其自我于虚无之中。这种时候，一切都没有了，那里还有言语，更那里还有诗呢？诗人在别处已说透了这一层秘密——他说在上帝底面前他的心灵 vainly struggles for a voice。从来赞美诗（hymns）中少有佳作，正因作者要在“入定”期中说话；首先这种态度就不诚实了，讲出的话，怎能感人呢？若择定在准备“入定”之前期或回忆“入定”之后期为诗中之时间，而以现象界为其背景，那便好说话了，因为那样才有说话底余地。

泰果尔底文艺底最大的缺憾是没有把捉到现实。文学是生命底表现，便是形而上的诗也不外此例。普遍性是文学底要质而生活中的经验是最普遍的东西，所以文学底宫殿必须建在生命底基石上。形而上学惟其离生活远，要他成为好的文学，越发不能不用生活中的经验去表现。形而上的诗人若没有将现实好好地把捉住，他的诗人的资格恐怕要自行剥夺了。

印度的思想本是否定生活的，严格讲来，不宜于艺术底发展。泰戈尔因为受了西方文化底陶染，他的思想已经不是标类的印度思想了。他曾宣言了——Deliverance is not for me in renunciation；然而西方思想究竟只是在浮面上粘贴着，印度的根性依然藏伏在里边不曾损坏。他怀慕死亡的时候，究竟比歌讴生命的时候多些。从他的艺术上看来，他在这世界里果然是一个生疏的旅客。他的言语，充满了抽象的字样，是另一个世界底方言，不象我们这地球上的土语。他似乎不大认识我们的环境与风俗，因为他提到这些东西的时候，只是些肤浅的观察，而且他的意义总是难得捉摸。总而言之，他的举止吐属，无一样不现着 outlandish，无怪乎他常感着

homesick……for the one sweet hour across the sea of time，

因为他不曾明白地讲过了吗？

I came to your shore as a stranger，I lived in your house as a guest……my earth.

泰果尔虽然爱好自然，但他爱的是泛神论的自然界。他并不爱自然底本身，他所爱的是 the simple meaning of thy whisper in showers and sunshine，是 God's great powet……in the gentle breeze，是鸟翼，星光同四季的花卉所隐藏着的，the unseen way。人生也不是泰果尔底文艺底对象，只是他的宗教底象征。穿绛色衣服的行客，在床上寻找花瓣的少女，仆人或新妇在门口伫望主人回家，都是心灵向往上帝底象征；一个老人坐在小船上鼓瑟，不是一个真人，乃是上帝底原身。诗人底"父亲"，"主人"，"爱人"，"弟兄"，"朋友"都不是血肉做的人，实在便是上帝。泰果尔记载了一些自然的现象，但没有描写他们；他只感到灵性的美；而不赏识官觉的美。泰果尔也摘录了些人生的现象，但没有表现出人生中的戏剧；他不会从人生中看出宗教，只用宗教来训释人生。把这些辨别清楚了，我们便知道泰果尔何以没有把捉住现实；由此我们又可以断言诗人的泰果尔定要失败，因为前面已经讲过了，文学底宫殿必须建在现实的人生底基石上。果然我们

读《偈檀迦利》,《采果》,《园丁》,《新月》等等，我们仿佛寄身在一座云雾的宫阙里，那里只有时隐时现，似人非人的生物。我们初到之时，未尝不觉得新奇可喜；然而待久一点，便要感着一种可怕的孤寂，这时我们渴求的只是与我们同类的人，我们要看看人底举动，要听听人底声音，才能安心。我们在泰果尔底世界里要眷念着我们的家乡，犹之泰果尔在我们的地球上时时怀想他的故土一样。

多半的时候泰果尔只能诉于我们的脑筋，他常常能指点出一个出人意外入人意中的真理来。但是他并不能激动我们的情绪，使我们感觉到生活底溢流。这也是没有把捉住人生底结果。他若是勉强弹上了情绪之弦，他的音乐不失之于渺茫，便失之于纤弱。渺茫到了玄虚的时候，便等于没有音乐！纤弱底流弊能流于感伤主义。我们知道做《新月》的泰果尔很能了解儿童，却不料他自己竟变成一个儿童了，因为感伤主义正是儿童与妇女底情绪。（写到这里，我记起中国最善学泰果尔的是一个女作家；必是诗人底作品中女性底成分才能引起女人底共鸣。）泰果尔底诗是清淡，然而太清淡，清淡到空虚了；泰果尔的诗是秀丽，然而太秀丽，秀丽到纤弱了。Mr. John Macy 批评《园丁》里一首诗讲道：（it）would be faintly impressive if Walt Whitman had never lived，我们也可以讲若是李杜没有生，韦孟也许可以作中国的第一流诗人了。

在艺术方面泰果尔更不足引人入胜。他是个诗人，而不是个艺术家。他的诗是没有形式的。我讲这一句话恐怕又要触犯许多人底忌讳。但是我不能相信没有形式的东西怎能存在，我更不能明了若没有形式艺术怎能存在！固定的形式不当存在；但是那和形式的本身有什么关系呢？我们要打破一种固定的形式，目的是要得到许多变异的形式罢了。泰果尔底诗不但没有形式，而且可说是没有廓线。因为这样，所以单调成了他的特性。我们试读他的全部的诗集，从头到尾，都仿佛是些不成形体，没有色彩的 amoeba 式的东西。我们还要记好这是些抒情诗。别种的诗若是可以离形体而独立，抒情诗是万万不能的。Walter Pater 讲了："抒情诗至少从艺术上讲来是最高尚最完美的诗体，因为我们不能使其形式与内容分离而不影响其内容之本身。"

泰果尔底诗之所以伟大是因为他的哲学，论他的艺术实在平庸得很。他在欧洲的声望也是靠他诗中的哲学赢来的。至于他的知音夏芝所以赏识他，有两种潜意识的私人的动机，也不必仔细去讲他。但是我们要估定泰果尔底真价值，就不当取欧洲人底态度或夏芝底态度，也不当因为作者与自己同是东方人，又同属于倒霉的民族而受一种感伤作用底支配；我们但当保持一种纯客观的，不关心的 disinterested 态度。若真能用这种透视法去观赏泰果尔底艺术，我想我们对于这位诗人底价值定有一番新见解。于今我们的新诗已经够空虚，够纤弱，够偏重理智，够缺乏形式的了，若再加上泰果尔底影响，变本加厉，将来定有不可救药的一天。希望我们的文学界注意。

文艺与爱国[①]

——纪念三月十八

铁狮子胡同大流血之后《诗刊》就诞生了，本是碰巧的事，但是谁能说《诗刊》与流血——文艺与爱国运动之间没有密切的关系？

“爱国精神在文学里，”我让德林克瓦特讲，“可以说是与四季之无穷感兴，与美的逝灭，与死的逼近，与对妇人的爱，是一种同等重要的题目。”爱国精神之表现于中外文学里已经是层出不穷，数不胜数了。爱国运动能够和文学复兴互为因果，我只举最近的一个榜样——爱尔兰，便是明确的证据。

我们的爱国运动和新文学运动何尝不是同时发轫的？他们原来是一种精神的两种表现。在表现上两种运动一向是分道扬镳的。我们也可以说正因为他们没有携手，所以爱国运动的收效既不大，新文学运动的成绩也就有限了。

爱尔兰的前例和我们自己的事实已经告诉我们了：这两种运动合起来便能够互收效益，分开来定要两败俱伤。所以《诗刊》的诞生刚刚在铁狮子胡同大流血之后，本是碰巧的；我却希望大家要当他不是碰巧的。我希望爱自由，爱正义，爱理想的热血要流在天安门，流在铁狮子胡同，但是也要流在笔尖，流在纸上。

---

① 原载1926年4月1日《晨报》副刊《诗镌》第1号。

同是一个热烈的情怀，犀利的感觉，见了一片红叶掉下地来，便要百感交集，“泪浪滔滔”，见了十三龄童的赤血在地下踩成泥浆子，反而漠然无动于中。这是不是不近人情？我并不要诗人替人道主义同一切的什么主义捧场。因为讲到主义便是成见了。理性铸成的成见是艺术的致命伤；诗人应该能超脱这一点。诗人应该是一张留声机的片子，钢针一碰着他就响。他自己不能决定什么时候响，什么时候不响。他完全是被动的。他是不能自主，不能自救的。诗人做到了这个地步，便包罗万有，与宇宙契合了。换句话说，就是所谓伟大的同情心——艺术的真源。

并且同情心发达到极点，刺激来得强，反动也来得强，也许有时仅仅一点文字上的表现还不够，那便非现身说法不可了。所以陆游一个七十衰翁要“泪洒龙床请北征”，拜伦要战死在疆场上了。所以拜伦最完美，最伟大的一首诗，也便是这一死。所以我们觉得诸志士们三月十八日的死难不仅是爱国，而且是伟大的诗。我们若得着死难者的热情的一部分，便可以在文艺上大成功；若得着死难者的热情的全部，便可以追他们的踪迹，杀身成仁了。

因此我们就将《诗刊》开幕的一日最虔诚的献给这次死难的志士们了！

诗的格律[1]

一

假定“游戏本能说”能够充分的解释艺术的起源，我们尽可以拿下棋来比作诗；棋不能废除规矩，诗也就不能废除格律。（格律在这里是 form 的意思）“格律”两个字最近含着了一点坏的思，但是直译 form 为形体或格式也不妥当。并且我们若是想起 form 和节奏是一种东西，便觉得 form 译作格律是没有什么不妥的了。假如你拿起棋子来乱摆布一气，完全不依据下棋的规矩进行，看你能不能得到什么趣味？游戏的趣味是要在一种规定的条律之内出奇致胜。做诗的趣味也是一样的。假如诗可以不要格律，做诗岂不比下棋，打球，打麻将还容易些吗？难怪这年头儿的新诗“比雨后的春笋还多些”。我知道这些话准有人不愿意听。但是 Bliss Perry 教授的话来得更古板。他说“差不多没有诗人承认他们真正给格律缚束住了。他们乐意戴着脚镣跳舞，并且要戴别个诗人的脚镣。”

这一段话传出来，我又断定许多人会跳起来，喊着“就算它是诗，我不做了行不行？”老实说，我个人的意思以为这种人就不做诗

---

① 原载 1926 年 5 月 13 日《晨报》副刊《诗镌》第 7 号。

也可以，反正他不打算来戴脚镣，他的诗也就做不到怎样高明的地方去。杜工部有一句经验语很值得我们揣摩的，“老去渐于诗律细”。

诗国里的革命家喊道“皈返自然！”他们以为有了这四个字，便师出有名了。其实他们要知道自然界的格律，虽然有些像蛛丝马迹，但是依然可以找得出来。不过自然界的格律不圆满的时候多，所以必须艺术来补充它。这样讲来，绝对的写实主义便是艺术的破产。“自然的终点便是艺术的起点”，王尔德说得很对。自然并不尽是美的。自然中有美的时候，是自然类似艺术的时候。最好拿造型艺术来证明这一点。我们常常称赞美的山水，讲它可以入画。的确中国人认为美的山水，是以像不像中国的山水画做标准的。欧洲文艺复兴以前所认为女性的美，从当时的绘画里可以证明，同现代女性美的观念完全不合；但是现代的观念不同希腊的雕像所表现的女性美相符了。这是因为希腊雕像的出土，促成了文艺复兴，文兴复兴以来，艺术描写美人，都拿希腊的雕像做蓝本，因此便改造了欧洲人的女性美的观念。我在赵瓯北的一首诗里发现了同类的见解。

绝似盆池聚碧孱，嵌空石笋满江湾。
化工也爱翻新样，反把真山学假山。

这径直是讲自然的模仿艺术了。自然界当然不是绝对没有美的。自然界里面也可以发现出美来，不过那是偶然的事。偶然在言语里发现一点类似诗的节奏，便说言语就是诗，便要打破诗的音节，要它变得和言语一样——这真是诗的自杀政策了。（注意我并不反对用土白做诗，我并且相信土白是我们新诗的领域里一块非常肥沃的土壤，理由等将来再仔细的讨论。我们现在要注意的只是土白可以“做”诗；这“做”字便说明了土白须要经过一番锻炼选择的工作然后才能成诗。）诗的所以能激发情感，完全在它的节奏；节奏便是格律。莎士比亚的诗剧里往往遇见情绪紧张到万分的时候，便用韵语来描写。歌德作《浮士德》也曾用同类的手段，在他致席勒的信里并且提到了这一层。韩昌黎“得窄韵则不复傍出，而因难见巧，愈险愈奇……”这样看来，恐怕越有魄力的作家，越是要戴着脚镣跳舞才跳得痛快，跳得好。只有不会跳舞的才怪脚镣碍事。只有不会做诗的才感觉得格律的缚束。对于不会作诗的，格律是表现的障碍物；对于一个作家，格律便成了表现的利器。

又有一种打着浪漫主义的旗帜来向格律下攻击令的人。对于这种人，我只要告诉他们一件事实。如果他们要像现在这样的讲什么浪漫主义，就等于承认他们没有创造文艺的诚意。因为，照他们的成绩看来，他们压根儿就没有注意到文艺的本身，他们的目的只在披露他们自己的原形。顾影自怜的青年们一个个都以为自身的人格是再美没有的，只要把这个赤裸裸的和盘托出，便是艺术的大成功了。你没有听见他们天天唱道“自我的表现”吗？他们确乎只认识了文艺的原料，没有认识那将原料变成文艺所必须的工具。他们用了文字作表现的工具，不过是偶然的事，他们最称心的工作是把所谓“自我”披露出来，是让世界知道“我”也是一个多才多艺，善病工愁的少年；并且在文艺的镜子里照见自己那倜傥的风姿，还带着几滴多情的眼泪，啊！啊！那是多么有趣的事！多么浪漫！不错，他们所谓浪漫主义，正浪漫在这点上，和文艺的派别绝不发生关系。这种人的目的既不在文艺，当然要他们遵从诗的格律来做诗，是绝对不到的；因为有了格律的范围，他们的诗就根本写不出来了，那岂不失了他们那“风流自赏”的本旨吗？所以严格一点讲起来，这一种伪浪漫派的作品，当它作把戏看可以，当它作西洋镜看也可以，但是万不能当它作诗看。格律不格律，因此就谈不上了。让他们来反对格律，也就没有辩驳的价值了。

上面已经讲了格律就是form。试问取消了form，还有没有艺术？上面又讲到格律就是节奏。讲到这一层更可以明了格律的重要；因为世上只有节奏比较简单的散文，决不能有没有节奏的诗。本来诗一向就没有脱离过格律或节奏。这是没有人怀疑过的天经地义。如今却什么天经地义也得有证明才能成立？是不是？但是为什么闹到这种地步呢——人人都相信诗可以废除格律？也许是“安拉基”精神，也许是好时髦的心理，也许是偷懒的心理，也许是藏拙的心理，也许是……那我可不知道了。

二

前面已经稍稍讲了讲为什么不当废除格律。现在可以将格律的原质分析一下了。从表面上看来，格律可从两方面讲：（一）属于视觉方面的，（二）属于听觉方面的。这两类其实不当分开来讲，因为它们是息息相关的。譬如属于视觉方面的格律有节的匀称，有句的均齐。属于听觉方面的格式，有音尺，有平仄，有韵脚；但是没有格式，也就没有节的匀称，没有音尺，也就没有句的均齐。

关于格式，音尺，平仄，韵脚等问题，本刊上已经有饶孟侃先生论新诗的音节的两篇文章讨论得很精细了。不过他所讨论的是从听觉方面着眼的。至于视觉方面的两个问题，他却没有提到。当然视觉方面的问题比较占次要的位置。但是在我们中国的文学里，尤其不当忽略视觉一层，因为我们的文字是象形的，我们中国人鉴赏文艺的时候，至少有一半的印象是要靠眼睛来传达的。原来文学本是占时间又占空间的一种艺术。既然占了空间，却又不能在视觉上引起一种具体的印象——这是欧洲文字的一个缺憾。我们的文字有了引起这种印象的可能，如果我们不去利用它，真是可惜了。所以新诗采用了西文诗分行写的办法，的确是很有关系的一件事。姑无论开端的人是有意的还是无心的，我们都应该感谢他。因为这一来，我们才觉悟了诗的实力不独包括音乐的美（音节），绘画的美（辞藻），并且还有建筑的美（节的匀称和句的均齐）。这一来，诗的实力上又添了一支生力军，诗的声势更加扩大了。所以如果有人要问新诗的特点是什么，我们应该回答他：增加了一种建筑美的可能性是新诗的特点之一。

近来似乎有不少的人对于节的匀称和句的均齐表示怀疑，以为这是复古的象征。做古人的真倒霉，尤其做中华民国的古人！你想这事怪不怪？做孔子的如今不但“圣人”“夫子”的徽号闹掉了，连他自己的名号也都给褫夺了，如今只有人叫他作“老二”；但是耶稣依然是耶稣基督，苏格拉提依然是苏格拉提。你做诗摹仿十四行体是可以的，但是你得十二分的小心，不要把它做得像律诗了。我真不知道律诗为什么这样可恶，这样卑贱！何况用语体文写诗写到同律诗一样，是不是可能的？并且现在把节做到匀称了，句做到均齐了，这就算是律诗吗？

诚然，律诗也是具有建筑美的一种格式；但是同新诗里的建筑美的可能性比起来，可差得多了。律诗永远只有一个格式，但是新诗的格式是层出不穷的。这是律诗与新诗不同的第一点。作律诗，无论你的题材是什么，意境是什么，你非把它挤进这一种规定的格式里去不可，仿佛不拘是男人，女人，大人，小孩，非得穿一种样式的衣服不可。但是新诗的格式是相体裁衣。例如《采莲曲》的格式决不能用来写《昭君出塞》，《铁道行》的格式决不能用来写《最后的坚决》，《三月十八日》的格式决不能用来写《寻找》。在这几首诗里面，谁能指出一首内容与格式，或精神与形体不调和的诗来，我倒愿意听听他的理由。试问这种精神与形体调和的美，在那印板式的律诗里找得出来吗？在那乱杂无章，参差不齐，信手拈来的自由诗里找得出来吗？

律诗的格律与内容不发生关系，新诗的格式是根据内容的精神制造成的，这是它们不同的第二点。律诗的格式是别人替我们定的，新诗的格式可以由我们自己的意匠来随时构造。这是它们不同的第三点。有了这三个不同之点，我们应该知道新诗的这种格式是复古还是创新，是进化还是退化。

现在有一种格式：四行成一节，每句的字数都是一样多。这种格式似乎用得很普遍。尤其是那字数整齐的句子，看起来好像刀子切的一般，在看惯了参差不齐的自由诗的人，特别觉得有点希奇。他们觉得把句子切得那样整齐，该是多么麻烦的工作。他们又想到做诗要是那样的麻烦，诗人的灵感不完全毁坏了吗？灵感毁了，还那里去找诗呢？不错，灵感毁了，诗也毁了。但是字句锻炼的整齐，实在不是一件难事；灵感决不致因为这个就会受了损失。我曾经问过现在常用整齐的句法的几个作者，他们都这样讲；他们都承认若是他们的那一首诗没有做好，只应该归罪于他们还没有把这种格式用熟；这种格式的本身，不负丝毫的责任。我们最好举两个例来对照着看一看，一个例是句法不整齐的；一个是整齐的，看整齐与凌乱的句法和音节的美丑有关系没有——

我愿透着寂静的朦胧，薄淡的浮纱，

细听着淅淅的细雨寂寂的在檐上，激打遥对着远远吹来的空虚中的嘘叹的声音，

意识着一片一片的坠下的轻轻的白色的落花。

说到这儿，门外忽然灯响，

老人的脸上也改了模样；

孩子们惊望着他的脸色，
他也惊望着炭火的红光。

到底那一个音节好些——是句法整齐的，还是不整齐？更彻底的讲来，句法整齐不但于音节没有妨碍，而且可以促成音节的调和。这话讲出来，又有人不肯承认了。我们就拿前面的证例分析一遍，看整齐的句法同调和的音节是不是一件事。

孩子们｜惊望着｜他的｜脸色
他也｜惊望着｜炭火的｜红光

这里每行都可以分成四个音尺，每行有两个“三字尺”（三个字构成的音尺之简称，以后仿此）和两个“二字尺”，音尺排列的次序是不规则的，但是每行必须还他两个“三字尺”两个“二字尺”的总数。这样写来，音节一定铿锵，同时字数也就整齐了。所以整齐的字句是调和的音节必然产生出来的现象。绝对的调和音节，字句必定整齐。（但是反过来讲，字数整齐了，音节不一定就会调和，那是因为只有字数的整齐，没有顾到音尺的整齐——这种的整齐是死气板脸的硬嵌上去的一个整齐的框子，不是充实的内容产生出来的天然的整齐的轮廓。）

这样讲来，字数整齐的关系可大了，因为从这一点表面上的形式，可以证明诗的内在的精神——节奏的存在与否。如果读者还以为前面的证例不够，可以用同样的方法分析我的《死水》。

这首诗从第一行

这是｜一沟｜绝望的｜死水

起，以后每一行都是用三个“二字尺”和一个“三字尺”构成的，所以每行的字数也是一样多。结果，我觉得这首诗是我第一次在音节上最满意的试验。因为近来有许多朋友怀疑到《死水》这一类麻将牌式的格式，所以我今天就顺便把它说明一下。我希望读者注意，新诗的音节，从前面所分析的看来，确乎已经有了一种具体的方式可寻。这种音节的方式发现以后，我断言新诗不久定要走进一个新的建设的时期了。无论如何，我们应该承认这在新诗的历史里是一个轩然大波。这一个大波的荡动是进步还是退化，不久也就自然有了定论。

诗人的横蛮[①]

孔子教小子，教伯鱼的话，正如孔子一切的教训，在这年头儿，都是犯忌讳的。依孔子的见解，诗的灵魂是要“温柔敦厚”的。但是在这年头儿，这四个字千万说不得，说出了，便证明你是个弱者。当一个弱者是极寒伧的事，特别是在这一个横蛮的时代。在这时代里，连诗人也变横蛮了；做诗不过是用比较斯文的方法来施行横蛮的伎俩。我们的诗人早起听见鸟儿叫了几声，或是上万牲园逛了一逛，或是接到一封情书了……你知道——或许他也知道这都不是什么了不得的事件，够不上为它们就得把安居乐业的人类都给惊动了。但是他一时兴会来了，会把这消息用长短不齐的句子分行写了出来，硬要编辑先生们给它看过几遍，然后又耗费了手民的筋力给它排印了，然后又占据了上千上万的读者的光阴给它读完了，最末还要叫世界，不管三七二十一，承认他是一个天才。你看这是不是横蛮？并且他凭空加了世界这些担负，要是那一方面——编辑，手民或读者——对他大意了一点，他便又要大发雷霆，骂这世界盲目，冷酷，残忍，蹂躏天才……这种行为不是横蛮是什么？再如果你好心好意对他这作品下一点批评，说他好，那固然算你没有瞎眼睛，你要是敢说了他半个坏字，那你可触动了太岁，他能咒到你全家都死尽了。

① 原载1926年5月27日《晨报》副刊《诗镌》第9号。

试问这不是横蛮是什么？

我看如果诗人们一定要这样横蛮，这样骄纵，这样跋扈，最好早晚由政府颁布一个优待诗人的条例，请诗人们都带上平顶帽子，穿上灰色的制服（最好是粉红色的，那最合他们的身分）以表他们是属于享受特殊权利的阶级，并且仿照优待军人的办法，电车上，公园里，戏园里……都准他们自由出入，让他们好随时随地寻求灵感。反正他们享受的权利已经不少了，政府不如卖一个面子，追认一下。但是我怕这一来，中国诗人一向的“温柔敦厚”之风会要永远灭绝了！

戏剧的歧途[①]

近代戏剧是碰巧走到中国来的。他们介绍了一位社会改造家——易卜生。碰巧易卜生曾经用写剧的方法宣传过思想，于是要易卜生来，就不能不请他的“问题戏”——《傀儡之家》《群鬼》《社会的柱石》等等了。第一次认识戏剧即是从思想方面认识的，而第一次的印象又永远是有威权的，所以这先入为主的“思想”便在我们脑筋里，成了戏剧的灵魂。从此我们仿佛说思想是戏剧的第一个条件。不信，你看后来介绍萧伯纳，介绍王尔德，介绍哈夫曼，介绍高斯俄绥……哪一次不是注重思想，哪一次介绍的真是戏剧的艺术？好了，近代戏剧在中国，是一位不速之客；戏剧是沾了思想的光，侥幸混进中国来的。不过艺术不能这样没有身分。你没有诚意请他，他也就同你开玩笑了，他也要同你虚与委蛇了。

现在我们许觉悟了。现在我们许知道便是易卜生的戏剧，除了改造社会，也还有一种更纯洁的——艺术的价值。但是等到我们觉悟的时候，从先的错误已经长了根，要移动它，已经有些吃力了。从先没有专诚敦请过戏剧，现在得到了两种教训。第一，这几年来我们在剧本上所得的收成，差不多都是些稗子，缺少动作，缺少结构，缺少戏剧性，充其量不过是些能读不能演的 closet drama 罢了。第二，因为

① 原载 1926 年 6 月 24 日《晨报》副刊《剧刊》第 2 期。

把思想当作剧本，又把剧本当作戏剧，所以纵然有了能演的剧本，也不知道怎样在舞台上表现了。

剧本或戏剧文学，在戏剧的家庭里，的确是一个问题。只就现在戏剧完成的程序看，最先产生的，当然是剧本，但是这是丢掉历史的说话。从历史上看来，剧本是最后补上的一样东西，是演过了的戏的一种记录。现在先写剧本，然后演戏。这种戏剧的文学化，大家都认为是戏剧的进化。从一方面讲，这当然是对的，但是从另一方面讲，可又错了，老实说，谁知道戏剧同文学拉拢了，不就是戏剧的退化呢？艺术最高的目的，是要达到"纯形"（pure form）的境地，可是文学离这种境地远着了，你可知道戏剧为什么不能达到"纯形"的涅槃世界吗？那都是害在文学的手里。自从文学加进了一份儿，戏剧永远注定了是一副俗骨凡胎，永远不能飞升了；虽然它还有许多的助手——有属于舞蹈的动作，属于绘画建筑的布景，甚至还有音乐，那仍旧是没有用的。你们的戏剧家提起笔来，一不小心，就有许多不相干的成分黏在他笔尖上了——什么道德问题，哲学问题，社会问题……都要黏上来了。问题黏的愈多，纯形的艺术愈少。这也难怪，文学，特别是戏剧文学之容易招惹哲理和教训一类的东西，如同腥膻的东西之招惹蚂蚁一样。你简直没有办法。一出戏是要演给大众看的；没有观众，也就没有戏，严格的讲来。好了，你要观众看，你就得拿他们喜欢看，容易看的，给他们看。假如你们的戏剧家的成功的标准，又只是写出戏来，演了，能够叫观众看得懂，看得高兴。那么他写起戏剧来，准是一些最时髦的社会问题，再配上一点作料，不拘是爱情，是命案，都可以。这样一来，社会问题是他们本地当时的切身的问题，准看得懂；爱情，命案，永远是有趣味的，准看得高兴。这样一出戏准能哄动一时。然后戏剧家可算成功了。但是戏剧的本身呢？艺术呢？没有人理会了。犯这样毛病的，当然不只戏剧家。譬如一个画家，若是没有真正的魄力来找出“纯形”的时候，他便摹仿照相了，描漂亮脸子了，讲故事了，谈道理了，做种种有趣味的事件，总要使得这一幅画有人了解，不管从哪一方面去了解。本来做有趣味的事件是文学家的惯技。就讲思想这个东西，本来同“纯形”是风马牛不相及的，但是哪一件文艺，完全脱离了思想，能够站得稳呢？文字本是思想的符号，文学既用了文字作工具，要完全脱离思想，自然办不到。但是文学专靠思想出风头，可真是没出息了。何况这样出风头是出不出去的呢？谁知道戏剧拉到文学的这一个弱点当作宝贝，一心只想靠这一点东西出风头，岂不是比文学还要没出息吗？其实这样闹总是没有好处的。你尽管为你的思想写戏，你写出来的，恐怕总只有思想，没有戏。果然，你看我们这几年来所得的剧本里，不但没有问题，哲理，教训，牢骚，但是它禁不起表演，你有什么办法吧？况且这样表现思想，也不准表现得好，那可真冤了！为思想写戏，戏当然没有，思想也表现不出。“赔了夫人又折兵”，谁说这不是相当的惩罚呢？

不错，在我们现在这社会里，处处都是问题，处处都等候着易卜生，萧伯纳的笔尖来给它一种猛烈的戟刺。难怪青年的作家个个手痒，都想来尝试一下。但是，我们可知道真正有价值的文艺，都是“生活的批评”；批评生活的方法多着了，何必限定是问题戏？莎士比亚没有写过问题戏，古今有谁批评生活比他更批评得透彻的？辛格批评生活的本领也不差罢？但是他何尝写过问题戏？只要有一个脚色，便叫他会讲几句时髦的骂人的话，不能算是问题戏罢？总而言之，我们该反对的不是戏里含着什么问题；若是因为有一个问题，便可以随便写戏，那就把戏看得太不值钱了。我们要的是戏，不拘是哪一种的戏。若是仅仅把屈原，聂政，卓文君，许多的古人拉起来了，叫他们讲了一大堆社会主义，德谟克拉西，或是妇女解放问题，就可以叫作戏，甚至于叫作诗剧，老实说，这种戏，我们宁可不要。

因为注重思想，便只看得见能够包藏思想的戏剧文学，而看不见戏剧的其余的部分。结果，到于今，不三不四的剧本，还数得上几个，至于表演同布景的成绩，便几等于零了。这样做下去，戏剧能够发达吗？你把稻子割了下来，就可以摆碗筷，预备吃饭了吗？你知道从稻子变成饭，中间隔着了好几次手续；可知道从剧本到戏剧的完成，中间隔着的手续，是同样的复杂？这些手续至少都同戏本一样的重要。我们不久就一件件的讨论。

先拉飞主义[①]

味摩诘之诗，诗中有画；观摩诘之画，画中有诗。

——《东坡志林》

首先这题目许用得着给下一点注脚。

最初用“先拉飞”这名词的是侨寓在意大利的一群法国画家，他们的目的是要在画里恢复中世纪的——拉飞儿（Raphael）以前的朴质的作风。现在讲到“先拉飞派”，它是指英国的罗瑟蒂（Dante Gabriel Rossetti），韩德（Holman Hunt）和米雷（Sir John Millais）等等七个人。“先拉飞兄弟会”（The Pre-Raphaelite Brotherhood）是在一八四八年组织的；内中有画家，有雕刻家，有诗人。他们在画上签名便简写为P.R.B.。他们的言论机关叫作《胚胎》（The Germ）。他们会同批评家罗斯金，主张扫除拉飞儿以后的种种秀丽，纤弱的习气，恢复早期作家的简洁，真诚与笃实；还有当时那物质的潮流和怀疑的思想，他们也要矫正，因此他们要在画里表现出那中世纪的“惊异，虔诚和慓栗”等等的宗教情调。这运动的寿命并不长。不久“兄弟们”渐渐分散了，各人走上各人自己的蹊径，于是“先拉飞兄弟

① 原载1928年6月10日《新月》第1卷第4期。

会”就无形的瓦解了。可是这次运动，在英国艺术上，确乎深深的印了一个戳记，特别是在装饰艺术上的影响很深。

以上可算“先拉飞运动”的一篇简明的历略。“先拉飞主义”给当时的批评界引起了不少的争辩。这主义所包含的原则很多，可讨论的也实在不少。我们现在要谈的，单是“先拉飞派”的画与“先拉飞派”的诗，两者之间相互的关系，和这种关系的评价。

文学里的“先拉飞主义”是个借用的名词。“先拉飞主义”在文学里并没有明确的定义。为便利起见，我们才借它来标明当时文学界的一种浪漫趋势，例如罗瑟蒂，莫理士，史文朋诸家的作品。所以文学与“先拉飞运动”即便有关系，也是一种旁支庶出的关系，正如罗瑟蒂自称绘画是他的主业，诗只是副产品一样。不过拿“先拉飞”来形容那一帮人的作品，实在是比较最近于妥当的一个名词。再说他们的诗和“先拉飞派”的画也的确很有关系。不但他们有一部分人同时是诗人又是画家，并且他们还屡次在诗里表现画，或在画里表现诗。罗瑟蒂人的集子里就有一大堆题画的商籁体。

美术和文学同时发展，在历史上本是常见的事，最显著的文艺复兴，便是一个伟大的美术时期，同时又是伟大的文学时期。因此有人称英国的十九世纪末叶为英国的文艺复兴。但是美术和文学从来没有在同一个时期里，发生过那样密切的关系；不拘在哪个时期，断没有第二帮人像“先拉飞派”的“弟兄们”那样有意的用文学来作画，用颜料来吟诗。“先拉飞主义”引起我们——至少作者个人的注意，便在这一点上。

讲到这里，我们马上想起王维的“诗中有画，画中有诗”那句老话。王维的“诗中有画，画中有诗”，比方，和罗瑟蒂的“诗中有画，画中有诗”同不同，是另一问题，不过拿这八个字来包括“先拉飞派”的艺术，倒是一个顶轻便的办法。这两句话我以后还要常常借用，但是请读者注意，我声明在先，那是有条件，有范围的借用。

“先拉飞派”的画，和“先拉飞派”的诗，何以发生那样密切的关系呢？我们研究这里种种的动因，有的属于时代的趋势，有的属于个人的天才，有些是机会促成的，有些是人力强造的——极复杂，也极有趣。

艺术型类的混乱是“先拉飞派”的一个特征，开混乱艺术型类之端的可不是“先拉飞派”。一七六六年，将近新古典运动的末叶，勒沁的《雷阿科恩》已经在攻击那种趋势。到十九世纪，那趋势反而变本加厉了，趋势简直变成了事实，并且不仅诗和画的界线抹煞了，一切的艺术都丢了自己的工作。给邻家代庖，罗瑟蒂的“诗中有画，画中有诗”只是许多现象中之一种。此外还有戈提叶（Gautier）的“艺术的移置”（“Transposition d' Art”），马拉美（Mallarmé）要用文学制成和合曲……诸如此类，数都数不清。看来这种现象不是局部的问题，乃是那时代里全部思潮和生活起了一种变化——竟或是腐化。关于这一点，白壁德教授在他的《新雷阿科恩》里已经发挥得十分尽致了，不用我们再讲。我们要知道的只是那时代潮流的主因之外，还有许多副因和近因。下面这几点，对于阐明“先拉飞主义”发展的痕迹，许可以供给些参证。

“先拉飞兄弟会”成立的头年（一八四七），罗瑟蒂和他那般朋友对于济慈的诗发生了很深的兴味。这是一件值得注意的事，本来罗瑟蒂早就在济慈和柯立基的作品里看出了一种最高的浪漫的元素。后来他和韩德，米雷读霍顿的《济慈传》，又同时都觉得那诗人的作品，已经达到古典与浪漫调和到最适当的境地，并且那正是他们自己在美术里企望不到的最高目的。现在他们的愿望是要把这“灵”与“肉”的谐和移植到绘画里来。于是他们纠合了一般同志，组织了一个团体，规定每人得按时交进画稿来给大众批评，题目往往是由罗瑟蒂拟。

下面这些画题，便是从济慈的《绮萨白娜》（Isabella）里选出的：

（1）《情耦》

（2）《绮萨白娜的三个弟兄》

（3）《分离》

（4）《幻象》（绮萨白娜梦见他的哥弟们把情郎杀死了）

（5）《林中》（绮萨白娜到林子里把情郎的首级偷来了）

（6）《紫苏坛》（她把首级埋在坛里）

（7）《弟兄们发现了紫苏坛》

（8）《绮萨白娜之疯魔》

“兄弟会”未成立之前，他们和济慈已经有这样的关系，即成立以后，关系仍然没有改变。例如米雷的首屈一指的杰作《圣爱格尼节之前夕》（The Eve of St.Agnes）便取材于济慈的那首同名的诗；并且韩德的第一次重要的产品《马德林与波菲罗之出奔》（The Flight of Madeline and Porphyro）也是由那首诗脱胎的。还有济慈的《无情的美女》（La Belle Dame Sans Mercé）他们也都画过。

三人都是“先拉飞兄弟会”的台柱子，和济慈的关系又都那样深，看来是不是“先拉飞运动”之产生，济慈要负一分责任？再看他们崇拜济慈是因为他的诗是调和古典浪漫的大成功，“先拉飞运动”，所以又可以说是借改造诗的方法来改造画，正如他们后来又借改造画的方法去改造诗。这样不分彼此的挪借，便造就了诗与画里的许多新花枪，同时也便是艺术型类的大混乱。

假如没有个济慈，或是他们凑巧没有注意到济慈的诗，“先拉飞运动”还会不会实现呢？我们的答案大概属于正面，因为前面已经提过，“兄弟会”里以画家兼诗人的会员不在少数，罗瑟蒂本人不用讲了，此外吴勒（Thomas Woolner）在他的雕刻还没有成名以前，已经是一个很有天才的诗人；喀林生（James Collinson）在诗上也有相当的成绩，他在第二期《胚胎》上发表的作品，据说很能代表“先拉飞派”的那宗教的象征主义和半禁欲，半任情的忧郁情调；裴登（Sir J.Noel Paton）和施高达（William Bell Scott）两个人也是诗画两方面都有贡献的；威廉·罗瑟蒂在两种艺术上都尝试过，他开始习画许太迟点，所以不能终局，他放弃做诗，据韩德说，为的是自己觉得不如老兄才搁笔的；还有老画家卜朗（Frd Madox Brown），罗瑟蒂的老师，也能做诗，在《胚胎》上投过稿。以上都是画家兼诗人。其余的，是会员也好，非会员而与他们有瓜葛的也好，几乎没有一个不是具有双料的兴趣，虽则画画的不必实行做诗，做诗的不必实行画画。最足以代表这一类的，便是两个“先拉飞派”的后劲，白恩·琼士（Sir Edward Burne-Jones）和威廉·莫理士（William Morris）。这样看来，他们自身本有双方发展的可能性。恐怕用不着多少外来的刺激和指点，才会产生那种“诗中有画，画中有诗”的艺术。

我们许要问，怎么这样凑巧，恰恰让那样一群人聚到一堆来了，这现象是否和他们的中心人物——罗瑟蒂个人的天性，有点因果关系？换句话说，“先拉飞派”的命运，是不是由罗瑟蒂一手造成的，是不是因为主将的“诗中有画，画中有诗”，才有大家的“诗中有画，画中有诗”？不见得，罗瑟蒂的魔力不见得有那样大，不错，坚强自信的罗瑟蒂，富于“个人吸引力”的罗瑟蒂，惯于高兴支配别人，别人也乐于被他支配，但是我们决不相信，偌大一个运动，是谁一个人的能力所能造设的。罗瑟蒂不过是许多分子之一；与其说罗瑟蒂支配众人，不如说大家互相支配，或许其中罗瑟蒂的势力比较大点。大家都是多才多艺，因为多才多艺，才要左手画圆，右手画方，结果当然圆里有方，方里也有圆了。“兄弟会”的事业，就是这么一回事。

单就“画中有诗”讲，英国也不仅“先拉飞派”的画家是那样，自从英国有画以来，可以说没有完全脱离过文学的色彩。英国人天生就不是意大利人，法兰西人，西班牙人或荷兰人那样的图画天才。绘画——由线条色彩构成的绘画，仿佛他们从来没有了解过。他们不是不能审美，他们的美，是从诗和其他的文学里认识的。他们有的是思想家，道德家，著作家；他们会“想”，可不大会“看”。自从阿瑟王和“圆桌”的时代，英国就有了诗，英国的画却是比较晚出的产品，所以难怪他们的兴趣根本在文学上，甚至于文学的势力还要偷进绘画里来。认真的讲，英国的画只算得一套文学的插图。就“先拉飞派”讲，罗瑟蒂的画是但丁的插图，韩德的是《圣经》的插图。再从全部的英国美术史看，从侯加士（Hogarth）数到白兰格文（Branguan），哪一个不是插图家？一个勃莱克（Blake），一个皮雅次蕾（Beardsley），两座高峰，遥遥相对，四围兀兀的布满了大大小小的山头，结构和趣味差不多属于一种的格调。芮洛慈（Reynolds），盖恩斯伯洛（Gainsborough）以下的肖像画家，和魏尔生（Wilson），康士塔孛（Constable）以下的风景画家，算是例外。可是你知道这两派都是荷兰人的传授，只可说是英国寄籍的荷兰画（肖像和风景根本也是不容易文学化的）。你简直没有法子叫英国人不在画里弄文。连兰西儿（Landseer）的狗子都要讲故事。文学是英国人的根性，所以罗瑟蒂才有这样的议论——她对白恩·琼士说——“谁心里若是有诗，他最好去画画，因为所有的诗都早已讲过了，写过了，但差不多没有人动手画过。”可见罗瑟蒂画画的动机是要做诗。你不能禁止英国人不做诗，如同不能禁止他们的百灵鸟不唱歌一样。

还有一种原因也足以使诗画的界限容易混乱。在《胚胎》的弁言里他们已经声明过，在画上应用过的原则，也要在诗上应用；其实在诗上应用的理由更大，因为绘画的旨趣非借具体的物象来表现不可，诗却可以直接达到它的鹄的。譬如画家若要在作品里表现一种精神的简洁性，必需想出各种方法来布置，描写他身外的对象，但是一个诗人——假如他是个能手——顿时就能捉住他那题材的精神，精神捉到了，再拿象征的或戏剧的方法给装扮起来，就比较容易了。柏尔（Clive Bell）在他的《艺术论》里，辨别美感和实用观念的区别，有一段话："一个实际的人走进屋子里，看见几张椅子，桌子，沙发，一幅地毯和一座壁炉。他的理智认识了这些物件；假如他要在那里待下，或是放下一只杯子，他晓得他应该怎么办。那些物件的名字告诉了他许多方法——怎样应付那些实际问题的方法。但是在各个名字背后藏着的那些物件的本体，他不知道。艺术家可不同，名字不关他的事。他们只知道一件东西是产生一种情绪的工具，那便是说，他们只管得着物件本身的价值……"好了，我们现在该明白了什么是供应实用的物件，什么是供应美感的物件。譬如一只茶杯，我们叫它作茶杯，是因为它那盛茶的功用；但是画家注意的只是那物象的形状，色彩等等，它的名字是不是茶杯，他不管。但是一个画家怎样才能把那物象表现出来，叫看画的人也只感到形状色彩的美，而不认作茶杯呢？现在我们回到本题了，绘画的困难便在这里，绘画的困难比文学的大，也在这里。

White plates and cups clean-gleaming,
Ringed with blue lines,

白禄克（Rupeit Brooke）这种捉拿生魂的神通，决不是画家梦想得到的。就叫赛桑（Cézanne）来动手，结果恐怕还免不掉有点隔膜。这是因为文学的工具根本是富于精神性的。"先拉飞主义"，在诗上的问题小，在画上的问题大，并且他们的诗的成功比画的成功更加可观，便是这个道理。但是不幸的是诗的地位占便宜些，就短不了要引起画的妒忌和羡慕。"先拉飞派"的画家看出了诗的可羡慕的地位，是对的，是他们有眼光；但是他们实际的羡慕了，并且不惜牺牲自家的个性，放弃自家的天职，去求绘画的诗化，那便错了，那是没有眼光。

罗斯金的艺术主张，和“先拉飞派”的主张，本是两方面独自发现的，虽是两方面不约而同的发现，不过自从他们互相认识以后，“先拉飞派”从罗斯金得来的赞助和指导，的确是很多。罗斯金的影响好的，健全的固然不少，但是“先拉飞派”所以用做诗的方法作画，我们饮水思源，实在不能不把一部分的罪过堆在罗斯金身上。我们也承认“先拉飞派”对于宗教——更正确点，宗教方面的中世纪主义——的热心，难免是“牛津运动”的余波，可是如果没有罗斯金那样明白的表示和大声急呼的提倡，我们也可以断定“先拉飞派”是不会得有那样坚决的，极端的主张，因此流弊也不致那样大。罗斯金说：

> 譬如，雷兰派的一部作品——鲁奔斯（Rubens），樊代克（Vandyke）和冷伯兰提（Rembrandt）永远在例外——都是夸耀画家的口才，都是用清晰而有力的发音术咬着既无用又无味的字眼；至于齐玛孛（Cimabue）和吉莪陀（Giotto）早年的成绩乃是婴孩嘴唇里吐出的热烈的预言。明哲的批评家应该负起责任来，审慎辨别什么是语言，什么是思想，还要专心尊崇，赞颂思想，把语言认为下乘，绝对不当与思想相提并论或较量短[②]长。一幅画，如果有的是较高尚较丰富的意义，不问表现得怎样笨拙，比起那表现美满而意义凡庸贫困的作品，定是一幅较伟大的较好的画。

罗斯金的主意是要艺术有一种最高无上的道德的目的，他以为艺术的价值是随着这目的之有无或高下为转移的，所以他注重的是绘画的

“思想”，不是“语言”。这话当然不错，可是问题不是那样简单。试问到底哪里是“思想”和“语言”的分野？在绘画里，离开线条和色彩的“语言”，“思想”可还有寄托的余地？如果思想有了，就可以不择表现的方法，只要能达意就成了吗？譬如，在罗瑟蒂的《圣母的童年》里，我们看见一瓶百合，一把荆棘，知道百合象征贞洁，荆棘象征悲哀。好了，画家的意义我们明白了，可是那与绘画本身价值有什么关系？明白了是一[1]个“文学的”概念。“文学的”概念只能间接地引起情感的反应，并且那种情感也未见得纯洁。当然，罗斯金并没有教画家拿那样潦草，肤浅的方法来表现“思想”，但是我们得承认有了罗斯金的推重“思想”，才有罗瑟蒂的只认目的，不择手段的流弊。不但罗瑟蒂，便是韩德的只求局部之精确，忘了全体的谐和，和米雷的欢喜在画里讲故事，何尝不是罗斯金的影响。

但是话又说回头了，我们也不必十分逼罗斯金，连老头子自己都没办法，因为批评家和创作家都是英国人，文学是英国人的天才，也是英国人的癖气。

否定肉体，偏执灵魂的中世纪主义，也是能损毁绘画的纯粹性的一种势力。我们拿中世纪色彩最浓的罗瑟蒂来作例。但是我们先得认清他的文学作品被人攻击为“肉体派的诗”，实在是个大冤枉，幸而攻击他的人，巴坎伦（Robert Buchanan）后来忏悔了。其实在罗瑟蒂的诗里，“肉体美”所以可贵的，完全因为它是“灵魂美”的佐证，所谓“内在的，精神的美德的一种外在的，有形的符号”，我们读他的《身体的美》（Body's Beauty）那首商籁体便知道了。诗人又在一首题名 Lovesight 的商籁体里问道：

① “一”，原作“两”，参酌文意改。

When do I see the most，bloved one？
　　When in the light the spirit of mine eyes，
　　Before thy face，heir altar，solemnize
The Worship of that love through thee made known？
Or when in the dusk hours，（we two alone，）
　　Close-kissed and eloquent of still replies
　　Thy twilight-hidden glimmering visage lies，
And my soul only sees thy soul its own？

这种神秘性充满了罗瑟蒂全部的著作，可是要把它运用到画里来，问题就困难了，因为神秘性根本是有诗意的，和画却隔膜得多。罗瑟蒂即拿定了主意要神秘化他的画，没有办法，就拐一个弯，借那属于文学的，抽象的象征来帮忙，结果我们便得了这样一幅画，例如他的《但丁之梦》。在这画里，神秘的含义谁也承认是十分丰富，丰富的含义总算都表现得够分明的了。但是把他当作画看，未免太分明了，因为所谓"分明"是理智的了解，不是感觉的认识，所以在文学里可以立脚，在画里没有存在的余地。

也许有人又要发问，神秘主义果真不在绘画的范围里吗？绘画绝对不许采取象征手段吗？吉莪陀，齐玛孛，马沙奇俄（Masaceio）的地位应该推翻吗？不错，早期意大利的名手都是神秘家，都没有鄙视过象征。但是他们的时代是中世纪，不是做中世纪的梦的十九世纪；他们是在宗教里生活着，用不着靠宗教运动求生活；神秘是他们的天性，不是他们的主义；在他们无所谓象征，象征便是实体。我们认为实体的，在他们都是象征。有了那种精神，岂独在美术上可以创造奇迹，在文学上，在生活上，哪一项不够我们惊异，拜倒，向往的？"兄弟会"虽是会模仿，甚至模仿古人的那隐遁的生活，保持着一种宗教式的诚恳态度，但是没有用，模仿毕竟是模仿。何况他们对于宗教并没有正确的领悟。罗瑟蒂对于宗教是一种浪漫的癖好，正如韩德对于宗教是一种历史的好奇心，韩德向巴勒斯登搜集材料，罗瑟蒂向中世纪汇集材料，不过因为那一种空间的，一种时间的距离，能满足他们好奇的欲望罢了。他们的灵感的来源既不真，他们的作品当然是空洞的，软弱的，没有红血轮的。

上面所讨论的，是站在绘画的立脚点上看为什么“先拉飞派”的画中有诗。我们拉杂的举了七种理由。如果翻过面来问为什么“先拉飞派”的诗中又有画，理由当然有许多和上面相同，也有看了彼方面的理由，马上就可想起此方面的。例中单讲罗瑟蒂兄妹，知道安格鲁撒克逊民族的天才是文学，也便想得起拉丁民族的天才是造型艺术——罗瑟蒂兄妹是四分之三的意大利人，四分之一的英国人。还有知道他们的中世纪主义，也不能忘记他们的希腊主义，上文已经提过，他们在济慈的诗里发现了“灵”与“肉”最圆满的调和，并且要把它移植到画里来，可见他们的主张和片面的禁欲主义完全两样。他们的诗里所以充满了属于感觉的绘画，便是这个缘故。

我讲了许多不利于“先拉飞派”或罗瑟蒂个人的话，读者可不要误会，以为我完全不承认他们的价值。尤其是罗瑟蒂的作品，我不仅认为有价值，并且讲老实话，我简直不能抵抗它那引诱，虽是清醒的自我有时告诉我，那艳丽中藏着有毒药。不用讲，我承认我的弱点，便是承认罗瑟蒂的魔力！例如《受祜的比雅特丽琪》（Beata Beatrix），《潘多娜》（Pandora），《窗前》（La Donna della Finestra）等等作品里的可歌可泣的神秘的诗意，谁不陶醉，谁不折服，谁还有工夫附和契斯脱登（G.K.Chesterton）来说那冷心的，狠心的话——“这个大艺术家的成功，是由于不曾辨清他的艺术的性质！”再看他的诗，举一个极端的例：

Herself shall bring us, hand in hand,
    To him round whom all souls
Kneel, the clear-ranged unnumbered heads
    Bowed with their aureoles:
And angels meeting us shall sing
    To their citherns and Citoles.

我们明晓得这不但是画意，简直是图画——是中世纪道院里那一个老和尚（也许是 Fra Angelico）用金的、宝蓝的、玫瑰红的和五光十色的油漆堆起来的一幅图画。“诗中有画”我们见得多，从莎士比亚，斯宾叟以来的诗人，谁不会在文学里创造几幅画境？但是罗瑟蒂这样的，我们没有见过。我们也知道这正是亚里士多德说的“Shifting his ground to another kind”，但是这“移花接木”的本领是值得佩服的，并且这样开出的花是有一种奇异的芬芳和颜色，特别能勾引人们的赏玩。

总结一句，“先拉飞派”的诗和画，的确是有它们的特点，“先拉主义”，无论在诗或画方面，似乎是一条新路。问题只是艺术的园地里到底有开辟新畦畛的必要与可能没有？勉强造成的花样，对于艺术的根本价值，是有益还是有损？契斯脱登的评论，我们现在可以全段的征引了：

> 罗瑟蒂是一个多方面而特出的人才；他并没有在任何方面成功；不然，也许不会有人知道他。在那两种艺术上，他是一半成功，一半失败；他的成功完全是他那失败的巧术凑成的。假使他是邓尼生那样一个诗人，也许会成一个能画画的诗人，假使他是白恩·琼士那样一个画家，也许会成一个能做诗的画家。说也

奇怪，在这极端的艺术运动的门限上，我们倒发现了这个大艺术家的成功是由于不曾辨清他的艺术的性质。他的诗太像画了。他的画太像诗了。正因为这个缘故，他的诗和画才能征服维多利亚时代的那冷淡的满意，因为他那种作品总算是有东西的，虽则在艺术上是不值些什么的东西。

我们再谈谈王摩诘的“诗中有画，画中有诗”，做个结束。其实这话也不限于王摩诘一个人当得起。从来哪一首好诗里没有画，那一幅好画里没有诗？恭维王摩诘的人，在那八个字里，不过承认他符合了两个起码的条件。“先拉飞派”的“诗中有画，画中有诗”可不同，那简直是“张冠李戴”，是末流的滥觞；猛然看去，是新奇，是变化，仔细想想，实在是艺术的自杀政策。

五月二十六日，南京。

论《悔与回》[1]

梦家：在自己做不出诗来的时候，几乎觉得没有资格和人谈诗。诗如今做出了（已寄给志摩先生了），资格恢复了，信当然也可以写。《悔与回》自然是本年诗坛最可纪念的一件事。我曾经给志摩写信说：我在捏着把汗夸奖你们——我的两个学生；因为我知道自己决写不出那样惊心动魄的诗来，即使有了你们那样哀艳凄馨的材料。有几处小地方，却有商酌的余地。（一）不用标点，不敢赞同。诗不能没有节奏。标点的用处，不但界划句读，并且能标明节奏（在中国文字里尤其如此），要标点的理由如此，不要它的理由，我却想不出。（二）“生殖器的暴动”一类的句子，不是表现怨毒，愤嫉时必需的字句。你可以换上一套字样，而表现力能比这增加十倍。不信，拿志摩的《罪与罚》再读读看。玮德的文字比梦家来得更明澈，是他的长处，但明澈则可，赤裸却要不得。这理由又极明显。赤裸了便无暗示之可言，而诗的文字那能丢掉暗示性呢？我并非绅士派，“苍蝇似的思想垃圾桶里爬”，我也有顾不到体面的时候，但碰到“梅毒”“生殖器”一类的字句，我却不敢下手。（三）长篇的“无韵体”式的诗，每行字数似应多点，才称得住。（四）句子似应稍整齐点，不必呆板的限定字数，但各行相差也不应太远，因为那样才显得有分量些。以

[1] 原载1931年4月《新月》第3卷第5、6期合刊。

上两点是我个人的见解，或许是偏见。我是受过绘画的训练的，诗的外表的形式，我总不忘记。既是直觉的意见，所以说不出什么具体的理由来，也没有人能驳倒我。（五）我认为长篇的结构，应拿玮德他们府上那一派的古文来做模范。谋篇布局应该合乎一种法度，转折处尤其要紧——索性腐败一点——要有悬崖勒马的神气与力量。再翻开《古文辞类纂》来体贴一回，你定可以发现其间艺术的精妙。照你们这两首看来，再往下写三十行五十行，未尝不可，或少写十行二十行，恐怕也无大关系。艺术的 finality 在那里？

讲的诚然都是小地方，但如今没有人肯讲，敢讲。我对于你们既不肯存一分虚伪，也不必避什么嫌疑，拉杂的写了许多，许也有可采的地方。

玮德原来也在中大，并且我在那里的时候，曾经与我有过一度小小的交涉。若不是令孺给我提醒，几乎全忘掉了。可是一个泛泛的学生，在他没写出《悔与回》以前，我有记得他的义务吗？写过那样一首诗以后，即便我们毫无关系，我也无妨附会说他是我的学生，以增加我的光荣。我曾经托令孺向玮德要张相片来，为的是想借以刷去记忆上的灰尘，使他在我心上的印象再显明起来。这目的马上达到了，因为凑巧她手边有他一张照片——我无法形容我当时的愉快！现在我要《悔与回》的两位诗人，时时在我案头，与我晤对，你们可能满足我这点痴情吗？

祝

二位康健！

闻一多，十二月廿九日。

谈商籁体①

梦家：商籁体读到了，印象不大深，恐怕这初次的尝试，还不能算成功。这体裁是不容易做。十四行与韵脚的布置，是必需的，但非最重要的条件。关于商籁体裁早想写篇文章谈谈，老是忙，身边又没有这类的书，所以没法动手。大略的讲，有一个基本的原则非遵守不可，那便是在第八行的末尾，定规要一个停顿。最严格的商籁体，应以前八行为一段，后六行为一段；八行中又以每四行为一小段，六行中或以每三行为一小段，或以前四行为一小段，末二行为一小段。总计全篇的四小段，（我讲的依然是商籁体，不是八股！）第一段起，第二承，第三转，第四合。讲到这里，你自然明白为什么第八行尾上的标点应是“。”或与它相类的标点。“承”是连着“起”来的，但“转”却不能连着“承”走，否则转不过来了。大概“起”“承”容易办，“转”“合”最难，一篇的精神往往得靠一转一合。总之，一首理想的商籁体，应该是个三百六十度的圆形；最忌的是一条直线。你试拿这标准去绳量量你的《太湖之夜》，可不嫌直一点吗？至于那第二行的“太湖……的波纹正流着泪”与第三行的“梅苞画上一道清眉”，究竟费解。还有一点，十一、十四两行的韵，与一，四，五，八重复，没有这种办法。第一行与第十四行不但韵重，并且字

① 原载 1931 年 4 月《新月》第 3 卷第 5、6 期合刊。

重，更是这体裁所不许的。“无限的意义都写在太湖万顷的水”——这“水”字之下，如何少得一个“上”字或“里”字？我说破以后，你能不哑然失笑吗？“耽心”的“耽”字，是“乐”的意思（《书经》：“惟耽乐之从”），从“目”的“虎视眈眈”的“眈”也不对。普通作“单心”，也没有讲。应该是“担心”，犹言“放不下心”。“担心”这两字多么生动，具体，富于暗示，丢掉这样的字不用，去用那无意义，无生气的“耽心”，岂不可惜？音节和格律的问题，始终没有人好好的讨论过。我又想提起这用字的问题来，又怕还是一场自讨没趣。总之这些话，深的人嫌它太浅，浅的人又嫌它太深，叫人不晓得如何开口。

一多。二月十九夜，青岛。

《烙印》序[1]

克家催我给他的诗集作序，整催了一年。他是有理由的。便拿《生活》一诗讲，据许多朋友说，并不算克家的好诗，但我却始终极重视它，而克家自己也是这样的。我们这意见的符合，可以证实，由克家自己看来，我是最能懂他的诗了。我现在不妨明说，《生活》确乎不是这集中最精彩的作品，但却有令人不敢亵视的价值，而这价值也便是这全部诗集的价值。

克家在《生活》里说：

> 这可不是混着好玩，这是生活。

这不啻给他的全集下了一道案语，因为克家的诗正是这样——不是"混着好玩"，而是"生活"。其实只要你带着笑脸，存点好玩的意思来写诗，不愁没有人给你叫好。所以作一首寻常所谓好诗，不是最难的事。但是，做一首有意义的，在生活上有意义的诗，却大不同。克家的诗，没有一首不具有一种极顶真的生活的意义。没有克家的经验，便不知道生活的严重。

---

① 原载臧克家著《烙印》。

一万枝暗箭埋伏在你周边，
伺候你一千回小心里一回的不检点，

这真不是好玩的。然而他偏要

嚼着苦汁营生，
像一条吃巴豆的虫。

他咬紧牙关和磨难苦斗，他还说，

同时你又怕克服了它，
来一阵失却对手的空虚。

这样生活的态度不够宝贵的吗？如果为保留这一点，而忽略了一首诗的外形的完美，谁又能说是不合算？克家的较坏的诗既具有这种不可亵视的实质，他的好诗，不用讲，更不是寻常的好诗所能比拟的了。

所谓有意义的诗，当前不是没有。但是，没有克家自身的“嚼着苦汁营生”的经验，和他对这种经验的了解，单是嚷嚷着替别人的痛苦不平，或怂恿别人自己去不平，那至少往往像是一种“热气”，一种浪漫的姿势，一种英雄气概的表演，若更往坏处推测，便不免有伤厚道了。所以，克家的最有意义的诗，虽是《难民》，《老哥哥》，《炭鬼》，《神女》，《贩鱼郎》，《老马》，《当炉女》，《洋车夫》，《歇午工》，以至《不久有那么一天》和《天火》等篇，但是若没有《烙印》和《生活》一类的作品作基础，前面那些诗的意义便单薄了，甚至虚伪了。人们对于一件事，往往有追问它的动机的习惯（他们也实在有这权利），对于诗，也是这样。当我们对于一首诗的动机（意识或潜意识的）发生疑问的时候，我很担心那首诗还有多少存在的可能性。读克家的诗，这种疑问永不会发生，为的是有《烙印》和《生活》一类的诗给我们担保了。我再从历史中举一个例。作“新乐府”的白居易，虽嚷嚷得很响，但究竟还是那位香山居士的闲情逸致的冗力（surplus energy）的一种舒泄，所以他的嚷嚷实际只等于猫儿哭耗子。孟郊并没有作过成套的“新乐府”，他如果哭，还是为他自身的穷愁而哭的次数多，而他的态度，沉着而有锋棱，却最合于一个伟大的理想的条件。除了时代背景所产生的必然的差别不算，我拿孟郊来比克家，再适当不过了。

谈到孟郊，我于是想起所谓好诗的问题（这一层是我要对另一种人讲的）。孟郊的诗，自从苏轼以来，是不曾被人真诚的认为上品好诗的。站在苏轼的立场上看孟郊，当然不顺眼。所以苏轼诋毁孟郊的诗，我并不怪他。我只怪他为什么不索性野蛮一点，硬派孟郊所作的不是诗，他自己的才是。因为这样，问题倒简单了。既然他们是站在对立而且不两立的地位，那么，苏轼可以拿他的标准抹杀孟郊，我们何尝不可以拿孟郊的标准否认苏轼呢？即令苏轼和苏轼的传统有优先权占用“诗”字，好了，让苏轼去他的，带着他的诗去！我们不要诗了。我们只要生活，生活磨出来的力，像孟郊所给我们的，是“空螯”也好，“是蜇吻涩齿”或“如嚼木瓜，齿缺舌敝，不知味之所在”也好，我们还是要吃，因为那才可以磨炼我们的力。

那怕是毒药，我们更该吃，只要它能增加我们的抵抗力。至于苏轼的丰姿，苏轼的天才，如果有人不明白那都是笑话，是罪孽，早晚他自然明白了。早晚诗也会

扪一下脸，来一个奇怪的变！

一千余年前孟郊已经给诗人们留下了预言。

克家如果跟着孟郊的指示走去，准没有错。纵然像孟郊似的，没有成群的人给叫好，那又有什么关系？反正诗人不靠市价做诗。克家千万不要忘记自己的责任。

民国二十二年七月闻一多谨识。

《西南采风录》序[1]

正在去年这时候，学校由长沙迁昆明，我们一部分人组织了一个湘黔滇旅行团，徒步西来，沿途分门别类收集了不少材料。其中歌谣一部分，共计二千多首，是刘君兆吉一个人独力采集的。他这种毅力实在令人惊佩。现在这些歌谣要出版行世了，刘君因我当时曾挂名为这部分工作的指导人，要我在书前说几句话。我惭愧对这部分材料在采集工作上，毫未尽力，但事后却对它发生了极大兴趣。一年以来，总想下番工夫把它好好整理一下，但因种种关系，终未实行。这回书将出版，答应刘君作序，本拟将个人对这材料的意见先详尽的写出来，作为整理工作的开端，结果又一再因事耽延，不能现实。这实在对不起刘君。然而我读过这些歌谣，曾发生一个极大的感想，在当前这时期，却不能不尽先提出请国人注意。

在都市街道上，一群群乡下人从你眼角滑过，你的印象是愚鲁，迟钝，畏缩，你万想不到他们每颗心里都自有一段骄傲，他们男人的憧憬是：

快刀不磨生黄锈，
胸膛不挺背腰驼。（安南）

① 原载刘兆吉编纂、上海商务印书馆1946年12月出版的《西南采风录》。

女子所得意的是：

斯文滔滔讨人厌，
庄稼粗汉爱死人，
郎是庄稼老粗汉，
不是白脸假斯文。（贵阳）

他们何尝不要物质的享乐，但鼠窃狗偷的手段，却是他们所不齿的：

吃菜要吃白菜头，
跟哥要跟大贼头，
睡到半夜钢刀响，
妹穿绫罗哥穿绸。（盘县）

那一个都市人，有这样气魄讲话或设想？

生要恋来死要恋，
不怕亲夫在眼前，
见官犹如见父母，
坐牢犹如坐花园。（盘县）

火烧东山大松林，
姑爷告上丈人门，
叫你姑娘快长大，
我们没有看家人。（宣威）

马摆高山高又高，
打把火钳插在腰，
那家姑娘不嫁我，
关起四门放火烧。

你说这是原始，是野蛮。对了，如今我们需要的正是它。我们文明得太久了，如今人家逼得我们没有路走，我们该拿出人性中最后最神圣的一张牌来，让我们那在人性的幽暗角落里蛰伏了数千年的兽性跳出来反噬他一口。打仗本不是一种文明姿态，当不起什么“正义感”，“自尊心”，“为国家争人格”一类的奉承。干脆的，是人家要我们的命，我们是豁出去了，是困兽犹斗。如今是千载一时的机会，给我们试验自己血中是否还有着那只狰狞的动物，如果没有，只好自认是个精神上“天阉”的民族，休想在这地面上混下去了。感谢上苍，在前方，姚子青，八百壮士，每个在大地上或天空中粉身碎骨了的男儿，在后方，几万万以“睡到半夜钢刀响”为乐的“庄稼老粗汉”，已经保证了我们不是“天阉”！如果我们是一个乐观主义者，我的根据就只这一点。我们能战，我们渴望一战而以得到一战为至上的愉快。至于胜利，那是多么泄气的事，胜利到了手，不是搏斗的愉快也得终止，“快刀”又得“生黄锈”了吗？还好，还好，四千年的文化，没有把我们都变成“白脸斯文人”！

民国二十八年三月五日闻一多序

时代的鼓手[①]

——读田间的诗

鼓——这种韵律的乐器，是一切乐器的祖宗，也是一切乐器中之王。音乐不能离韵律而存在，它便也不能离鼓的作用而存在。鼓象征了音乐的生命。

提起鼓，我们便想到了一串形容词：整肃，庄严，雄壮，刚毅和粗暴，急躁，阴郁，深沉……鼓是男性的，原始男性的，它蕴藏着整个原始男性的神秘。它是最原始的乐器，也是最原始的生命情调的喘息。

如其鼓的声律是音乐的生命，鼓的情绪便是生命的音乐。音乐不能离鼓的声律而存在，生命也不能离鼓的情绪而存在。

诗与乐一向是平行发展着的。正如从敲击乐器到管弦乐器是韵律的音乐发展到旋律的音乐，从三四言到五七言也是韵律的诗发展到旋律的诗。音乐也好，诗也好，就声律说，这是进步。可痛惜的是，声律进步的代价是情绪的萎顿。在诗里，一如在音乐里，从此以后以管弦的情绪代替了鼓的情绪，结果都是“靡靡之音”。这感觉的愈趋细致，乃是感情愈趋脆弱的表征，而脆弱感情不也就是生命疲困，甚或衰竭的朕兆吗？二千年来古旧的历史，说来太冗长。单说新诗的历史，打头不是没有一阵朴质而健康的鼓的声律与情绪，接着依然是

① 原载1943年11月13日《生活导报周年纪念文集》。

“靡靡之音”的传统，在舶来品的商标的伪装之下，支配了不少的年月。疲困与衰竭的半音，似乎比历史上任何时期都变本加厉了的风行着。那是宿命，是历史发展的必然阶段吗？也许。但谁又叫新生与震奋的时代来得那样突然！箫声，琴声，（甚至是无弦琴，）自然配合不上流血与流汗的工作。于是忙乱中，新派，旧派，人人都设法拖出一面鼓来，你可以想象一片潮湿而发霉的声响，在那壮烈的场面中，显得如何的滑稽！它给你的印象仍然是疲困与衰竭。它不是激励，而是揶揄，侮蔑这战争。

于是，忽然碰到这样的声响，你便不免吃一惊：

“多一颗粮食，
就多一颗消灭敌人的枪弹！”

听到吗
这是好话哩！

听到吗
我们
要赶快鼓励自己底心
到地里去！

要地里
长出麦子，

要地里
长出小米；

拿这东西
　　当作
　　持久战的武器。

（多一些！
多一些！）

多点粮食，
就多点胜利。

——田间：《多一些》

这里没有“弦外之音”，没有“绕梁三日”的余韵，没有半音，没有玩任何“花头”，只是一句句朴质，干脆，真诚的话，（多么有斤两的话！）简短而坚实的句子，就是一声声的“鼓点”，单调，但是响亮而沉重，打入你耳中，打在你心上。你说这不是诗，因为你的耳朵太熟悉于“弦外之音”……那一套，你的耳朵太细了。

你看，——
他们底
仇恨的
力，
他们底
仇恨的
血，
他们底

仇恨的
歌，
握在
手里。

握在
手里，
要洒出来……
几十个，
很响地
——在一块；

几十个
达达地，
——在一块；

回旋……
狂蹈……

耸起的
筋骨
凸出的
皮肉，
挑负着
——种族的
　　疯狂

种族的

咆哮！……

——田间：《人民底舞》

这里便不只鼓的声律，还有鼓的情绪。这是鞍窒之战中晋解张用他那流着鲜血的手，抢过主帅手中的槌来擂出的鼓声，是祢衡那喷着怒火的“渔阳掺挝”，甚至是，如诗人 Robert Lindsey 在《刚果》中，剧作家 Eugene O’Neil 在《琼斯皇帝》中所描写的，那非洲土人的原始鼓，疯狂，野蛮，爆炸着生命的热与力。

这些都不算成功的诗。（据一位懂诗的朋友说，作者还有较成功的诗，可惜我没有见到。）但它所成就的那点，却是诗的先决条件——那便是生活欲，积极的，绝对的生活欲。它摆脱了一切诗艺的传统手法，不排解，也不粉饰，不抚慰，也不麻醉，它不是那捧着你在幻想中上升的迷魂音乐。它只是一片沉着的鼓声，鼓舞你爱，鼓动你恨，鼓励你活着，用最高限度的热与力活着，在这大地上。

当这民族历史行程的大拐弯中，我们得一鼓作气来渡过危机，完成大业。这是一个需要鼓手的时代，让我们期待着更多的“时代的鼓手”出现。至于琴师，乃是第二步的需要，而且目前我们有的是绝妙的琴师。

字与画[①]

原始的象形文字，有时称为绘画文字，有时又称为文字画，这样含混的名词，对于字与画的关系，很容易引起误会，是应当辨明一下的。

一切文字，在最初都是象形的，换言之，都是绘画式的。反之，任何绘画都代表着一件事物，因此也便具有文字的作用。但是，绘画与文字仍然是两件东西，它们的外表虽相似，它们的基本性质却完全两样。一幅图画在作者的本意上，决不会变成一篇文字，除非它已失去原来的目标，而仅在说明某种概念。绘画的本来目的是传达印象，而文字的本来目的则是说明概念。要知道二者的区别，最好是看它们每方面所省略的地方。实际上便是最写实的绘画，对于所模拟的实物，也不能无所省略，文字更不用说了。往往为了经济和有效的双重目的起见，绘画所省略处正是文字所要保留的，反之，文字所省略处也正是绘画所要保留的。以现代澳洲为例，什么是纯粹的绘画，什么是文字性质的绘画，不但土人看来，一望而知，就在我们看来，也不容易混淆。在他们的绘画中，我们可以看到每一笔都证明作者的用意是在求对原物的真实和生动，但在他的文字性质的东西里，情形便完全不同。那些线与点只是代表事物概念的符号，而非事物本身的摹绘。

① 手稿现藏南京博物院。

大体说来，绘画式的文字总比纯粹绘画简单些。但照上面所说的看来，绘画式的文字，却不是简化了的绘画。由此我们又可以推想，我们现在所见到刻在甲骨上的殷代象形文字，其繁简的程度，大概和更古时期的象形文字差不多。我们不能期望将来还有一批更富绘画意味的甲骨文字被发现。文字打头就只是文字——只是近似绘画的文字，而不是真正的绘画。

但是就中国的情形论，文字最初虽非十足的绘画，后来的发展却和绘画愈走愈近。这种发展的过程包括两个阶段，和绘画本身的发展过程完全相合。两个阶段（一）是装饰的，（二）是表现的。

离甲骨略后而几乎同时的铜器上的文字，往往比甲骨文字来得繁缛而更富于绘画意味，这些我从前以为在性质上代表着我国文字较早的阶段，现在才知道那意见是错的。镌在铜器上的铭辞和刻在甲骨上的卜辞，根本是两种性质的东西。卜辞的文字是纯乎实用性质的纪录，铭辞的文字则兼有装饰意味的审美功能。装饰自然会趋于繁缛的结构与更浓厚的绘画意味。沿着这个路线发展下来的一个极端的例，便是流行于战国时的一种鸟虫书，那几乎完全是图案，而不是文字了。字体由篆隶变到行楷，字体本身的图案意味逐渐减少，可是它在艺术方面发展的途径不但并未断绝，而且和绘画拉拢得更紧，共同走到一个更高超的境界了。

以前在装饰的阶段中，字只算得半装饰的艺术，如今在表现的阶段中，它却成为一种纯表现的艺术了。以前作为装饰艺术的字，是以字来模仿画，那时画是字的理想。现在作为表现艺术的字，字却成了画的理想，画反要来模仿字。从艺术方面的发展看，字起初可说是够不上画，结果它却超过了画，而使画够不上它了。

字在艺术方面，究竟是仗了什么，而能有这样一段惊人的发展呢？理由很简单。字自始就不是如同绘画那样一种拘形相的东西，所以能不受拘牵的发展到那种超然的境界。从装饰的立场看，字尽可以不如画，但从表现的立场看，字的地位一上手就比画高，所以字在前半段装饰的竞赛中吃亏的地方，正是它在后半段表现的竞赛中占便宜的地方。这一点也可以证明文字的本质与绘画不同，所同的只是表面的形式而已。

评论书画者常说起“书画同源”，实际上二者恐怕是异源同流。字与画只是近亲而已。因为相近，所以两方面都喜欢互相拉拢，起初是字拉拢画，后来是画拉拢字。字拉拢画，使字走上艺术的路，而发展成我们这独特的艺术——书法。画拉拢字，使画脱离了画的常轨，而产生了我们这有独特作风的文人画。

说　舞[①]

一场原始的罗曼司

假想我们是在参加着澳洲风行的一种科罗泼利（CorroBorry）舞。

灌木林中一块清理过的地面上，中间烧着野火，在满月的清辉下吐着熊熊的赤焰。现在舞人们还隐身在黑暗的丛林中从事化装。野火的那边，聚集着一群充当乐队的妇女。忽然林中发出一种坼裂声，紧跟着一阵沙沙的磨擦声——舞人们上场了。闯入火光圈里来的是三十个男子，一个个脸上涂着白垩，两眼描着圈环，身上和四肢画着些长的条纹。此外，脚踝上还系着成束的树叶，腰间团着兽皮裙。这时那些妇女已经面对面排成一个马蹄形。她们完全是裸着的。每人在两膝间绷着一块整齐的鼹鼠皮。舞师呢，他站在女人们和野火之间，穿的是通常的鼹鼠皮围裙，两手各执一棒。观众或立或坐的围成一个圆圈。

舞师把舞人们巡视过一遭之后，就回身走向那些妇女们。突然他的棒子一拍，舞人们就闪电般地排成一行，走上前来。他再视察一番，停了停等行列完全就绪了，就发出信号来，跟着他的木棒的拍

① 原载1944年3月19日《生活导报》第60期。

子，舞人们的脚步移动了，妇女们也敲着鼩皮唱起歌来。这样，一场科罗泼利便开始了。

拍子愈打愈紧，舞人的动作也愈敏捷，愈活泼，时时扭动全身，纵得很高，最后一齐发出一种尖锐的叫声，突然隐入灌木林中去了。场上空了一会儿。等舞师重新发出信号，舞人们又再度出现了。这次除舞队排成弧形外，一切和从前一样。妇女们出来时，一面打着拍子，一面更大声地唱，唱到几乎嗓子都要裂了，于是声音又低下来，低到几乎听不见声音。歌舞的尾声和第一折相仿佛。第三、四、五折又大同小异地表演过了。但有一次舞队是分成四行的，第一行退到一边，让后面几行向前迈进，到达妇人们面前，变作一个由身体四肢交锁成的不可解的结，可是各人手中的棒子依然在飞舞着。你直害怕他们会打破彼此的头。但是你放心，他们的动作无一不遵守着严格的规律，决不会出什么岔子的。这时情绪真紧张到极点，舞人们在自己的噪呼声中，不要命地顿着脚跳跃，妇女们也发狂似的打着拍子引吭高歌。响应着他们的热狂的，是那高烛云空的火光，急雨点似的劈拍地喷射着火光。最后舞师两臂高举，一阵震耳的掌声，舞人们退场了，妇女和观众也都一哄而散，抛下一片清冷的月光，照着野火的余烬渐渐熄灭了。

这就是一场澳洲的科罗泼利舞，但也可以代表各地域各时代任何性质的原始舞，因为它们的目的总不外乎下列这四点：（一）以综合性的形态动员生命，（二）以律动性的本质表现生命，（三）以实用性的意义强调生命，（四）以社会性的功能保障生命。

综合性的形态

舞是生命情调最直接，最实质，最强烈，最尖锐，最单纯而又最充足的表现。生命的机能是动，而舞便是节奏的动，或更准确点，有节奏的移易地点的动，所以它直是生命机能的表演。但只有在原始舞里才看得出舞的真面目，因为它是真正全体生命机能的总动员，它是一切艺术中最大综合性的艺术。它包有乐与诗歌，那是不用说的。它还有造型艺术，舞人的身体是活动的雕刻，身上的文饰是图案，这也都显而易见。所当注意的是，画家所想尽方法而不能圆满解决的光的效果，这里藉野火的照明，却轻轻地抓住了。而野火不但给了舞光，还给了它热，这触觉的刺激更超出了任何其它艺术部门的性能。最后，原始人在舞的艺术中最奇特的创造，是那月夜丛林的背景对于舞场的一种镜框作用。由于框外的静与暗，和框内的动与明，发生着对照作用，使框内一团声音光色的活动情绪更为集中，效果更为强烈，藉以刺激他们自己对于时间（动静）和空间（明暗）的警觉性，也便加强了自己生命的实在性。原始舞看来简单，唯其简单，所以能包含无限的复杂。

律动性的本质

上文说舞是节奏的动，实则节奏与动，并非二事。世间决没有动而不成节奏的，如果没有节奏，我们便无从判明那是动。通常所谓“节奏”是一种节度整齐的动，节度不整齐的，我们只称之为“动”，或乱动，因此动与节奏的差别，实际只是动时节奏性强弱的程度上的差别，而并非两种性质根本不同的东西。上文已说过，生命的机能是动，而舞是有节奏的移易地点的动，所以也就是生命机能的表演。现在我们更可以明白，所谓表演与非表演，其间也只有程度的差别而已。一方面生命情绪的过度紧张，过度兴奋，以至成为一种压迫，我们需要一种更强烈，更集中的动，来宣泄它，和缓它。一方面紧张与兴奋的情绪，是一种压迫，也是一种愉快，所以我们也需要在更强烈，更集中的动中来享受它。常常有人讲，节奏的作用是在减少动的疲乏。诚然。但须知那减少疲乏的动机，是积极而非消极的，而节奏的作用是调整而非限制。因为由紧张的情绪发出的动是快乐，是可珍惜的，所以要用节奏来调整它，使它延长，而不致在乱动中轻轻浪费掉。甚至这看法还是文明人的主观，态度还不够积极。节奏是为减轻疲乏的吗？如果疲乏是讨厌的，要不得的，不如干脆放弃它。放弃疲乏并不是难事，在那月夜，如果怕疲乏，躺在草地上对月亮发愣，不就完了吗？如果原始人真怕疲乏，就干脆没有舞那一套，因为无论怎样加以调整，最后疲乏总归是要来到的，不，他们的目的是在追求疲乏，而舞（节奏的动）是达到那目的最好的通路。一位著者形容新南威尔斯土人的舞说："……鼓声渐渐紧了，动作也渐渐快了。直至达到一种如闪电的速度。有时全体一跳跳到半空，当他们脚尖再触到地面时，那分开着的两腿上的肉腓，颤动得直使那白垩的条纹，看去好像蠕动的长蛇，同时一阵强烈的嘶 ~~~~ 声充满空中（那是他们的喘息声）。"非洲布须曼人的摩科马舞（Mokoma）更是我们不能想象的。"舞者跳到十分疲劳，浑身淌着大汗，口里还发出千万种叫声，身体做着各种困难的动作，以至一个一个地，跌倒在地上，浴在源源而出的鼻血泊中。因此他们便叫这种舞作摩科马，意即血的舞。"总之，原始舞是一种剧烈的，紧张的，疲劳性的动，因为只有这样他们才体会到最高限度的生命情调。

实用性的意义

西方学者每分舞为模拟式的与操练式的二种，这又是文明人的主观看法。二者在形式上既无明确的界线，在意义上尤其相同。所谓模拟舞者，其目的，并不如一般人猜想的，在模拟的技巧本身，而是在模拟中所得的那逼真的情绪。他们甚至不是在不得已的心情下以假代真，或在客观的真不可能时，乃以主观的真权当客观的真。他们所求的只是那能加强他们的生命感的一种提炼的集中的生活经验——一杯能使他们陶醉的醇醴而酷烈的酒。只要能陶醉，那酒是真是假，倒不必计较，何况真与假，或主观与客观，对他们本没有多大区别呢！他们不因舞中的“假”而从事于舞，正如他们不以巫术中的“假”而从事巫术。反之，正因他们相信那是真，才肯那样做，那样认真地做（儿童的游戏亦复如此）。既然因日常生活经验不够提炼与集中，才要借艺术中的生活经验——舞来获得一醉，那么模拟日常生活经验，就模拟了它的不提炼与不集中，模拟得愈像，便愈不提炼，愈不集中，所以最彻底的方法，是连模拟也放弃了，而仅剩下一种抽象的节奏的动，这种舞与其称为操练舞，不如称为“纯舞”，也许还比较接近原始心理的真相。一方面，在高度的律动中，舞者自身得到一种生命的真实感（一种觉得自己是活着的感觉），那是一种满足。另一方面，观者从感染作用，也得到同样的生命的真实感，那也是一种满足，舞的实用意义便在这里。

社会性的功能

或由本身的直接经验（舞者），或者感染式的间接经验（观者），因而得到一种觉着自己是活着的感觉，这虽是一种满足，但还不算满足的极致。最高的满足，是感到自己和大家一同活着，各人以彼此的“活”互相印证，互相支持，使各人自己的“活”更加真实，更加稳固，这样的满足才是完整的，绝对的。这群体生活的大和谐的意义，便是舞的社会功能的最高意义，由和谐的意识而发生一种团结与秩序的作用，便是舞的社会功能的次一等的意义。关于这点，高罗斯（Ernest Groose）讲得最好：“在跳舞的白热中，许多参与者都混成一体，好像是被一种感情所激动而动作的单一体。在跳舞期间，他们是在完全统一的社会态度之下，舞群的感觉和动作正像一个单一的有机体。原始跳舞的社会意义全在乎统一社会的感应力。他们领导并训练一群人，使他们在一种动机，一种感情之下，为一种目的而活动（在他们组织散漫和不安定的生活状态中，他们的行为常被各个不同的需要和欲望所驱使）。它至少乘机介绍了秩序和团结给这狩猎民族的散漫无定的生活中。除战争外，恐怕跳舞对于原始部落的人，是唯一的使他们觉着休戚相关的时机。它也是对于战争最好的准备之一，因为操练式的跳舞有许多地方相当于我们的军事训练。在人类文化发展上，过分估计原始跳舞的重要性，是一件困难的事。一切高级文化，是以各个社会成分的一致有秩序的合作为基础的，而原始人类却以跳舞训练这种合作”。舞的第三种社会功能更为实际。上文说过，主观的真与客观的真，在原始人类意识中没有明确的分野。在感情极度紧张时，二者尤易混淆，所以原始舞往往弄假成真，因而发生不少的暴行。正因假的能发生真的后果，所以他们常常因假的作为钩引真的媒介。许多关于原始人类战争的记载，都说是以跳舞开场的，而在我国古代，武王伐纣前夕的歌舞，即所谓“武宿夜”者，也是一个例证。

诗与批评[1]

什么是诗呢？我们谁能大胆地说出什么是诗呢？我们谁敢大胆地决定什么是诗呢？不能！有多少人是曾对于诗发表过意见，但那意见不一定合理的，不一定是真理；那是一种个人的偏见，因为是偏见，所以不一定是对的。但是，我们怎样决定诗是什么呢？我以为，来测度诗的不是偏见，应该是批评。

对于“什么是诗”的问题，有两种对立的主张：

有一种人以为：“诗是不负责的宣传。”

另一种人以为：“诗是美的语言。”

我们念了一篇诗，一定不会是白念的，只要是好诗，我们念过之后就受了他的影响：诗人在作品中对于人生的看法影响我们，对于人生的态度影响我们，我们就是接受了他的宣传。诗人用了文字的魔力来征服他的读者，先用了这种文字的魅力使读者自然地沉醉，自然地受了催眠，然后便自自然然地接受了诗人的意见，接受了他的宣传。这个宣传是有如何的效果呢？诗人不问这个，因为他的宣传是不负责的宣传。诗人在作品里所表示的意见是可靠的吗？这是不一定的，诗人有他自己的偏见，偏见是不一定对的。好些人把诗人比做疯子，疯子的意见怎么能是真理呢？实在，好些诗人写下了他的诗篇，他并不

---

① 原载1944年9月1日《火之源文艺丛刊》第2、3辑合刊。

想到有什么效果，他并不为了效果而写诗，他并不为了宣传而写诗，他是为写诗而写诗的；因之，他的诗就是一种不负责的东西了，不负责的东西是好的吗？这是一个很重要的问题，所以，第一种主张就侧重在这种宣传的效果方面，我想，这是一种对于诗的价值论者。

好些人念一篇诗时是不理会它的价值的，他只吟味于词句的安排，惊喜于韵律的美妙：完全折服于文字与技巧中。这种人往往以为他的态度仅止于欣赏，仅止于享受而已，他是为念诗而念诗。其实这是不可能的事，在文字与技巧的魅力上，你并不只享受于那份艺术的功力，你会被征服于不知不觉中，你会不知不觉的为诗人所影响，所迷惑。对于这种不顾价值，而只求感受舒适的人，我想他们是对于诗的效率论者。

这两种态度都不是对的。因为单独的价值论或是效率论都不是真理。我以为，从批评诗的正确的态度上说，是应该二者兼顾的。

伯拉图在他的《理想国》中赶走了诗人，因为他不满意诗人。他是一个极端的价值论者，他不满意于诗人的不负责的宣传。一篇诗作是以如何残忍的方式去征服一个读者。诗篇先以美的颜面去迷惑了一个读者，叫他沉迷于字面，音韵，旋律，叫他为了这些而奉献了自己，然而又以诗人的偏见生生烙印在读者的灵魂与感情上。然而这是一个如何残酷的烙印。——不负责的宣传已是诗的顶大的罪名了，我们很难有法子让诗人对于他的宣传负责，（诗人是否能负责又是一个问题。）这样一来，为了防范这种不负责的宣传，我们是不是可以不要诗了呢？不行，我们觉得诗是非要不可，诗非存在不可的。既然这样，所以我们要求诗是“负责的宣传”。我们要求诗人对他的作品负责，但这也许是不容易的事，因之，我们想得用一点外力，我们以社会使诗人负责。

负责的问题成为最重要的了，我们为了诗的光荣存在而辩护，所以不能不要求诗的宣传作用是负责的，是有利益于社会的。我们想，若是要知道这宣传是否负责而用新闻检查的方式，实在是可笑的，我们不能用检查去了解，我们要用批评去了解；目前的诗著是可用检查的方法限制的，但这限制至少对于古人是无用的；而且事实上有谁会想出这种类似焚书坑儒的事来折磨我们的诗人呢？我想应该不会。在苏联和也许别的些个什么国家用一种方法叫诗人负责，方法很简单，就是，拉着诗人的鼻子走，如同牵牛一样，政府派诗人做负责的诗，一个纪念，叫诗人做诗，一个建筑落成，叫诗人做诗，这样，好些“诗”是给写出来了，但结果，在这种方式下产生出来的作品，只是宣传品而不是诗了，既不是诗，宣传的力量也就小了或甚至没有了，最后，这些东西既不是诗又不是宣传品，则什么都不是了，我们知道马也可夫斯基写过诗，也写过宣传品，后来他自杀了，谁知道他为什么自杀呢？所以我想，拉着诗人的鼻子走的方式并不是好的方式。

政府是可以指导思想的。但叫诗人负责，这不是政府做得到的；上边我说，我们需要一点外力，这外力不是发自政府，而是发自社会。我觉得去测度诗的是否为负责的宣传的任务不是检查所的先生们完成得了的，这个任务，应该交给批评家。

每个诗人都有他独特的性格，作风，意见与态度，这些东西会表现在作品里。一个读者要只单选上一位诗人的东西读，也许不是有益而且有害的，因为，我们无法担保这个诗人是完全对的，我们一定要受他影响，若他的东西有了毒，是则我们就中毒了。鸡蛋是一种良好的食品，既滋补而又可口，但据说多吃了是有毒的，所以我们不能天天只吃鸡蛋，我们要吃些别的东西。读诗也一样，我觉得无妨多读，从庞乱中，可以提取养料来补自己，我们可以读李白、杜甫、陶潜、李商隐、莎士比亚、但丁、雪莱，甚至其他的一切诗人的东西，好些作品混在一起，有毒的部分抵消了，留下滋养的成分；不负责的部分没有了，留下负责的成分。因为，我们知道凡是能够永远流传下去的东西差不多可以说是好的，时间和读者会无情地淘汰坏的作品。我以为我们可以有一个可靠的选本，让批评家精密地为各种不同的人选出适于他们的选本，这位批评家是应该懂得人生，懂得诗，懂得什么是效率，懂得什么是价值的这样一个人。

我以为诗是应该自由发展的。什么形式什么内容的诗我们都要。我们设想我们的选本是一个治病的药方，那末，里边可以有李白，有杜甫，有陶渊明，有苏东坡，有歌德，有济慈，有莎士比亚；我们可以假想李白是一味大黄吧，陶渊明是一味甘草吧，他们都有用，我们只要适当的配合起来，这个药方是可以治病的。所以，我们与其去管诗人，叫他负责，我们不如好好地找到一个批评家，批评家不单可以给我们以好诗，而且可以给社会以好诗。

历史是循环的，所以我现在想提到历史来帮助我们了解我们的时代，了解时代赋与诗的意义，了解我们批评诗的态度。封建的时代我们看得出只有社会，没有个人，《诗经》给他们一个证明。《诗经》的时代过去了，个人从社会里边站出来，于是我们发觉《古诗十九首》实在比《诗经》可爱，《楚辞》实在比《诗经》可爱。因为我们自己现在是个人主义社会里的一员，我们所以喜爱那种个人的表现，我们因之觉得《古诗十九首》比《诗经》对我们亲切。《诗经》的时代过去之后，个人主义社会的趋势已经非常明显了。而且实实在在就果然进到了个人主义社会。这时候只有个人，没有社会。个人是耽沉于自己的享乐，忘记社会，个人是觅求“效率”以增加自己愉悦的感受，忘记自己以外的人群。陶渊明时代有多少人过极端苦难的日子，但他不管，他为他自己写下他闲逸的诗篇。谢灵运一样忘记社会，为自己的愉悦而玩弄文字，——当我们想到那时别人的苦难，想着那幅流民图，我们实实在在觉得陶渊明与谢灵运之流是多么无心肝，多么该死，——这是个人主义发展到极端了，到了极端，即是宣布了个人主义的崩溃，灭亡。杜甫出来了，他的笔触到广大的社会与人群，他为了这个社会与人群而同其欢乐，同其悲苦，他为社会与人群而振呼。杜甫之后有了白居易，白居易不单是把笔濡染着社会，而且他为当前的事物提出他的主张与见解。诗人从个人的圈子走出来，从小我而走向大我，《诗经》时代只有社会，没有个人，再进而只有个人没有社会，进到这时候，已经是成为了个人社会（Individual society）了。

到这里，我应提出我是重视诗的社会的价值了。我以为不久的将来，我们的社会一定会发展成为 Society of Individual，Individual for Society（社会属于个人，个人为了社会）的。诗是与时代同其呼息的，所以，我们时代不单要用效率论来批评诗，而更重要的是以价值论诗了，因为加在我们身上的将是一个新时代。

诗是要对社会负责了，所以我们需要批评。《诗经》时代何以没有批评呢？因为，那些作品都是负责的，那些作品没有“效率”，但有“价值”，而且全是“教育的价值”，所以不用批评了。（自然，一篇实在没有价值的东西也可以“说”得出价值来的，对这事我们可以不必论及了。）个人主义时代也不要批评，因为诗就只是给自己享受享受而已，反正大家标准一样，批评是多余的；那时候不论价值，因为效率就是价值。（诗话一类的书就只在谈效率，全不能算是批评。）但今天，我们需要批评，而且需要正确而健康的批评。

春秋时代是一个相当美好的时代，那时候政治上保持一种均势。孔子删诗，孔子对于诗作过最好的，最合理的批评。在《左传》上关于诗的批评我认为是对的；孔子注重诗的社会价值。自然，正确的批评是应该兼顾到效率与价值的。

从目前的情形看，一般都只讲求效率了，而忽视了价值，所以我要大声疾呼请大家留心价值。有人以为着重价值就会忽略了效率，就会抹煞了效率，我以为不会，这种担心是多余的。我们不要以为效率会被抹煞，只要看看普遍的情形，我们不是还叫读诗叫欣赏诗吗？我们不是还很重视于字句声律这些东西吗？社会价值是重要的，我们要诗成为“负责的宣传”，就非得着重价值不可，因为价值实在是被“忽视”了。

诗是社会的产物。若不是于社会有用的工具，社会是不要它的。诗人掘发出了这原料，让批评家把它做成工具，交给社会广大的人群去消化。所以原料是不怕多的，我们什么诗人都要，什么样诗都要，只要制造工具的人技术高，技术精。

我以为诗人有等级的，我们假设说如同别的东西一样分做一等二等三等，那么杜甫应该是一等的，因为他的诗博、大。有人说黄山谷，韩昌黎，李义山等都是从杜甫来的，那么，杜甫是包罗了这么多“资源”，而这些资源大部是优良的美好的，你只念杜甫，你不会中毒；你只念李义山就糟了，你会中毒的，所以李义山只是二等诗人了。陶渊明的诗是美的，我以为他诗里的资源是类乎珍宝一样的东西，美丽而不有用，是则陶渊明应在杜甫之下。

所以，我们需要懂得人生，懂得诗，懂得什么是效率，懂得什么是价值的批评家为我们制造工具，编制选本。但是，谁是批评家呢？我不知道。

红　烛

序　诗

红　烛

“蜡炬成灰泪始干”

——李商隐

红烛啊！
这样红的烛！
诗人啊！
吐出你的心来比比，
可是一般颜色？

红烛啊！
是谁制的蜡——给你躯体？
是谁点的火——点着灵魂？
为何更须烧蜡成灰，
然后才放光出？
一误再误；
矛盾！冲突！

红烛啊！
不误，不误！
原是要“烧”出你的光来——
这正是自然底方法。
红烛啊！
既制了，便烧着！
烧吧！烧吧！
烧破世人底梦，
烧沸世人底血——
也救出他们的灵魂，
也捣破他们的监狱！

红烛啊！
你心火发光之期，
正是泪流开始之日。

红烛啊！
匠人造了你，
原是为烧的。
既已烧着，
又何苦伤心流泪？
哦！我知道了！
是残风来侵你的光芒，
你烧得不稳时，
才着急得流泪！

红烛啊！
流吧！你怎能不流呢？
请将你的脂膏，
不息地流向人间，
培出慰藉底花儿，
结成快乐的果子！

红烛啊！
你流一滴泪，灰一分心。
灰心流泪你的果，
创造光明你的因。

红烛啊！
“莫问收获，但问耕耘。”

李白篇

“醉月频中圣，
迷花不事君。”

——李　白

李白之死

世俗流传太白以捉月骑鲸而终，本属荒诞。此诗所述亦凭臆造，无非欲藉以描画诗人底人格罢了。读者不要当作历史看就对了。

“我本楚狂人，
《凤歌》笑孔丘。”

——李　白

一对龙烛已烧得只剩光杆两枝，
却又借回已流出的浓泪底余脂，
牵延着欲断不断的弥留的残火，
在夜底喘息里无效地抖擞振作。
杯盘狼藉在案上，酒坛睡倒在地下，
醉客散了，如同散阵投巢的乌鸦；
只那醉得最很，醉得如泥的李青莲
（全身底骨架如同脱了榫的一般）
还歪倒倒的在花园底椅上堆着，
口里喃喃地，不知到底说些什么。
声音听不见了，嘴唇还喋着不止；
忽地那络着密密红丝网的眼珠子，
（他自身也便像一个微小的醉汉）
对着那怯懦的烛焰瞪了半天：
仿佛一只饿狮，发见了一个小兽，
一声不响，两眼睁睁地望他尽瞅；
然后轻轻地缓缓地举起前脚，
便迅雷不及掩耳，忽地往前扑着——
像这样，桌上两对角摆着的烛架，
都被这个醉汉拉倒在地下。

“哼哼！就是你，你这可恶的作怪，”
他从咬紧的齿缝里泌出声音来，
“碍着我的月儿不能露面哪！
月儿啊！你如今应该出来了吧！
哈哈！我已经替你除了障碍，

骄傲的月儿，你怎么还不出来？
你是瞧不起我吗？啊，不错！
你是天上广寒宫里的仙娥，
我呢？不过那戏弄黄土的女娲
散到六合里来底一颗尘沙！
啊！不是！谁不知我是太白之精？
我母亲没有在梦里会过长庚？
月儿，我们星月原是同族的，
我说我们本来是很面熟呢！”
在说话时他没留心那黑树梢头
渐渐有一层薄光将天幕烘透，
几朵铅灰云彩一层层都被烘黄，
忽地有一个琥珀盘轻轻浮上，
（却又像没动似的）他越浮得高，
越缩越小；颜色越褪淡了，直到
后来，竟变成银子样的白的亮——
于是全世界都浴着伊的晶光。
簇簇的花影也次第分明起来，
悄悄爬到人脚下偎着，总躲不开——
像个小狮子狗儿睡醒了摇摇耳朵，
又移到主人身边懒洋洋地睡着。
诗人自身的影子，细长得可怕的一条，
竟拖到五步外的栏杆上坐起来了。
从叶缝里筛过来的银光跳荡，
啮着环子的兽面蠢似一朵缩菌，
也鼓着嘴儿笑了，但总笑不出声音。

桌上一切的器皿，接受复又反射
那闪灼的光芒，又好像日下的盔甲。

这段时间中，他通身的知觉都已死去，
那被酒催迫了的呼吸几乎也要停驻；
两眼只是对着碧空悬着的玉盘，
对着他尽看，看了又看，总看不倦。
“啊！美呀！”他叹道，“清寥的美！莹澈的美！
宇宙为你而存吗？你为宇宙而在？
哎呀！怎么总是可望而不可即！
月儿呀月儿！难道我不应该爱你？
难道我们永远便是这样隔着？
月儿，你又总爱涎着脸皮跟着我；
等我被你媚狂了，要拿你下来，
却总攀你不到。唉！这样狠又这样乖！

月啊！你怎同天帝一样地残忍！
我要白日照我这至诚的丹心，
狰狞的怒雷又砰訇地吼我；
我在落雁峰前几次朝拜帝座，
额撞裂了，嗓叫破了，阊阖还不开。
吾爱啊！帝旁擎着雉扇的吾爱！
你可能问帝，我究犯了哪条天律？
把我谪了下来，还不召我回去？
帝啊！帝啊！我这罪过将永不能赎？
帝呀！我将无期地囚在这痛苦之窟？”

又圆又大的热泪滚向膨胀的胸前，
却有水银一般地沉重与灿烂；
又像是刚同黑云碰碎了的明月
溅下来点点的残屑，炫目的残屑。

“帝呀！既遣我来，就莫生他们！”他又讲，
“他们，那般妖媚的狐狸，猜狠的豺狼！
我无心作我的诗，谁想着骂人呢？
他们小人总要忍心地吹毛求疵，
说那是讥诮伊的。哈哈！这真是笑话！
他是个什么人？他是个将军吗？
将军不见得就不该替我脱靴子。
唉！但是我为什么要作那样好的诗？
这岂不自作的孽，自招的罪？……
哪里？我哪里配得上谈诗？不配，不配；
谢玄晖才是千古的大诗人呢！——
那吟‘余霞散成绮，澄江净如练’的
谢将军，诗既作的那么好——真好！——
但是哪里像我这样地坎坷潦倒？”
然后，撑起胸膛，他长长地叹了一声。
只自身的影子点点头，再没别的同情？
这叹声，便似平远的沙汀上一声鸟语，
叫不应回音，只悠悠地独自沉没，
终于无可奈何，被宽嘴的寂静吞了。
“啊“澄江净如练，这种妙处谁能解道？
记得那回东巡浮江底一个春天——

两岸旌旗引着腾龙飞虎回绕碧山——
果然如是，果然是白练满江……
唔？又讲起他的事了？冤枉啊！冤枉！
夜郎有的是酒，有的是月，我岂怨嫌？
但不记得那天夜半，我被捉上楼船！
我企望谈谈笑笑，学着仲连安石们，
替他们解决些纷纠，扫却了胡尘。
哈哈！谁又知道他竟起了野心呢？
哦，我竟被人卖了！但一半也怪我自身！”

这样他便将那成灰的心渐渐扇着，
到底又得痛饮一顿，浇熄了愁底火，
谁知道这愁竟像田单底火牛一般：
热油淋着，狂风煽着，越奔火越燃，
毕竟虽烧焦了骨肉，牺牲了生命，
那束刃的采帛却焕成五色的龙文：
如同这样，李白那煎心烙肺的愁焰，
也便烧得他那幻象底轮子急转，
转出了满牙齿上攒着的“丽藻春葩”。
于是他又讲，“月儿！若不是你和他，”
手指着酒壶，“若不是你们的爱护，
我这生活可不还要百倍地痛苦？
啊！可爱的酒！自然赐给伊的骄子——
诗人的恩俸！啊，神奇的射愁底弓矢！
开启琼宫底管钥！琼宫开了：
那里有鸣泉漱石，玲鳞怪羽，仙花逸条；

又有琼瑶的轩馆同金碧的台榭；
还有吹不满旗的灵风推着云车，
满载霓裳缥缈，彩珮玲珑的仙娥，
给人们颂送着驰魂宕魄的天乐。
啊！是一个绮丽的蓬莱底世界，
被一层银色的梦轻轻地锁着在！”

“啊！月呀！可望而不可即的明月！
当我看你看得正出神的时节，
我只觉得你那不可思议的美艳，
已经把我全身溶化成水质一团，
然后你那提挈海潮底全副的神力，
把我也吸起，浮向开遍水钻花的
碧玉的草场上；这时我肩上忽展开
一双翅膀，越张越大，在空中徘徊，
如同一只大鹏浮游于八极之表。
哦，月儿，我这时不敢正眼看你了！
你那太强烈的光芒刺得我心痛。……
忽地一阵清香搅着我的鼻孔，
我吃了一个寒噤，猛开眼一看，……
哎呀！怎地这样一副美貌的容颜！
丑陋的尘世！你哪有过这样的副本？
啊！布置得这样调和，又这般端正，
竟同一阕鸾凤和鸣底乐章一般！
哦，我如何能信任我的这双肉眼？
我不相信宇宙间竟有这样的美！

啊，大胆的我哟，还不自惭形秽，
竟敢现于伊前！——啊！笨愚呀糊涂！——
这时我只觉得头昏眼花，血凝心冱；
我觉得我是污烂的石头一块，
被上界底清道夫抛掷下来，
掷到一个无垠的黑暗的虚空里，
坠降，坠降，永无着落，永无休止！”

月儿初还在池下丝丝柳影后窥看，
像沐罢的美人在玻璃窗口晾发一般；
于今却已姗姗移步出来，来到了池西；
夜飓底私语不知说破了什么消息，
池波一皱，又惹动了伊娴静的微笑。
沉醉的诗人忽又战巍巍地站起了，
东倒西歪地挨到池边望着那晶波。
他看见这月儿，他不觉惊讶地想着：
如何这里又有一个伊呢？奇怪！奇怪！
难道天有两个月，我有两个爱？
难道刚才伊送我下来时失了脚；
掉在这池里了吗？——这样他正疑着……
他脚底下正当活泼的小涧注入池中，
被一丛刚劲的菖蒲鲠塞了喉咙，
便咯咯地咽着，像喘不出气的呕吐。
他听着吃了一惊，不由得放声大哭：
“哎呀！爱人啊！淹死了，已经叫不出声了！”
他翻身跳下池去了，便向伊一抱，

伊已不见了，他更惊慌地叫着，
却不知道自己也叫不出声了！
他挣扎着向上猛踊，再昂头一望，
又见圆圆的月儿还平安地贴在天上。
他的力已尽了，气已竭了，他要笑，
笑不出了，只想道：“我已救伊上天了！”

剑　匣

I built my soul a lordly pleasure-house,
　　Wherein at ease for aye to dwell,
　　……
And “While the world runs round and round”，I said,
　　“Reign thou apart，a quiet king,
Still as，while saturn whirls，his steadfast shade
　　Sleeps on his luminous ring”.
To which my soul made answer readily:
　　“Trust me in bliss I shall abide
In this great mansion，that is built for me,
　　So royal-rich and wide”.

——Tennyson

在生命底大激战中，
我曾是一名盖世的骁将。

我走到四面楚歌底末路时，
并不同项羽那般顽固，
定要投身于命运底罗网。
但我有这绝岛作了堡垒，
可以永远驻扎我的退败的心兵。
在这里我将养好了我的战创，
在这里我将忘却了我的仇敌。

在这里我将作个无名的农夫，
但我将让闲情底芜蔓
蚕食了我的生命之田。
也许因为我这肥泪底无心的灌溉，
一旦芜蔓还要开出花来呢?
那我就镇日徜徉在田塍上，
饱喝着他们的明艳的色彩。

我也可以作个海上的渔夫：
我将撒开我的幻想之网。
在寥阔的海洋里；
在放网收网之间，
我可以坐在沙岸上做我的梦，
从日出梦到黄昏……
假若撒起网来，不是一些鱼虾，
只有海树珊瑚同含胎的老蚌，
那我却也喜出望外呢。
有时我也可佩佩我的旧剑，

踱进山去作个樵夫。
但群松舞着葱翠的干戚，
雍容地唱着歌儿时，
我又不觉得心悸了。
我立刻套上我的宝剑，
在空山里徘徊了一天。
有时看见些奇怪的彩石，
我便拾起来，带了回去；
这便算我这一日底成绩了。

但这不是全无意识的。
现在我得着这些材料，
我真得其所了；
我可以开始我的工匠生活了，
开始修葺那久要修葺的剑匣。

我将摊开所有的珍宝，
陈列在我面前，
一样样的雕着，镂着，
磨着，重磨着……
然后将他们都镶在剑匣上，——
用我的每出的梦作蓝本，
镶成各种光怪陆离的图画。
我将描出白面美髯的太乙
卧在粉红色的荷花瓣里，
在象牙雕成的白云里飘着。

我将用墨玉同金丝
制出一只雷纹镶嵌的香炉；
那炉上炷着袅袅的篆烟，
许只可用半透明的猫儿眼刻着。
烟痕半消未灭之处，
隐约地又升起了一个玉人，
仿佛是肉袒的维纳司呢……
这块玫瑰玉正合伊那肤色了。

晨鸡惊耸地叫着，
我在蛋白的曙光里工作，
夜晚人们都睡去，我还作着工——
烛光抹在我的直陡的额上，
好像紫铜色的晚霞
映在精赤的悬崖上一样。

我又将用玛瑙雕成一尊梵像，
三首六臂的梵像，
骑在鱼子石的象背上。
珊瑚作他口里含着的火，
银线辫成他腰间缠着的蟒蛇，
他头上的圆光是块琥珀的圆璧。
我又将镶出一个瞎人
在竹筏上弹着单弦的古瑟。
（这可要镶得和王叔远底
桃核雕成的赤壁赋一般精细）。

然后让翡翠，蓝卍玉，紫石瑛，
错杂地砌成一片惊涛骇浪；
再用碎砾的螺钿点缀着，
那便是涛头闪目的沫花了。
上面再笼着一张乌金的穹窿，
只有一颗宝钻的星儿照着。

春草绿了，绿上了我的门阶，
我同春一块儿工作着；
蟋蟀在我床下唱着秋歌，
我也唱着歌儿作我的活。

我一壁工作着，一壁唱着歌：
我的歌里的律吕
都从手指尖头流出来，
我又将他制成层叠的花边：
有盘龙，对凤，天马，辟邪底花边，
有芝草，玉莲，卍字，双胜底花边，
又有各色的汉纹边
套在最外的一层边外。

若果边上还缺些角花，
把蝴蝶嵌进去应当恰好。
玳瑁刻作梁山伯，
璧玺刻作祝英台，
碧玉，赤瑛，白玛瑙，蓝琉璃，……

拼成各种彩色的凤蝶。
于是我的大功便告成了！

哦，我的大功告成了！
你不要轻看了我这些工作！
这些不伦不类的花样，
你该知道不是我的手笔，
这都是梦底原稿底影本。
这些不伦不类的色彩，
也不是我的意匠底产品，
是我那芜蔓底花儿开出来的。
你不要轻看了我这些工作哟！
哦，我的大功告成了！
我将抽出我的宝剑来——
我的百炼成钢的宝剑，
吻着他，吻着他……
吻去他的锈，吻去他的伤疤；
用热泪洗着他，洗着他……
洗净他上面的血痕，
洗净他罪孽底遗迹；
又在龙涎香上熏着他，
熏去了他一切腥膻的记忆。
然后轻轻把他送进这匣里，
唱着温柔的歌儿，
催他快在这艺术之宫中酣睡。

哦，哦，我的大功告成了！
我的大功终于告成了！
人们的匣是为保护剑底锋芒，
我的匣是要藏他睡觉的。
哦，我的剑匣修成了，
我的剑有了永久的归宿了！

哦，我的剑要归寝了！
我不要学轻佻的李将军，
拿他的兵器去射老虎，
其实只射着一块僵冷的顽石。
哦，我的剑要归寝了！
我也不要学迂腐的李翰林，
拿他的兵器去割流水，
一壁割着，一壁水又流着。
哦，我的兵器只要韬藏，
我的兵器只要酣睡。
我的兵器不要斩芟奸横，
我知道奸横是僵冷的顽石一堆；
我的兵器也不要割着愁苦，
我知道愁苦是割不断的流水。

哦，我的大功告成了！
让我的宝剑归寝了！
我岂似滑头的汉高祖，
拿宝剑斫死了一条白蛇，

因此造一个谣言，
就骗到了一个天下？
哦！天下，我早已得着了啊！
我早坐在艺术底凤阙里，
像大舜皇帝，垂裳而治着
我的波希米亚的世界了啊！
哦！让我的宝剑归寝吧！
我又岂似无聊的楚霸王，
拿宝剑斫掉多少的人头，
一夜梦回听着恍惚的歌声，
忽又拥着爱姬，抚着名马，
提起原剑来刎了自己的颈？

哦！但我又不妨学了楚霸王，
用自己的宝剑自杀了自己。
不过果然我要自杀，
定不用这宝剑底锋芒。
我但愿展玩着这剑匣——
展玩着我这自制的剑匣，
我便昏死在他的光彩里！
哦，我的大功告成了！
我将让宝剑在匣里睡着觉，
我将摩抚着这剑匣，
我将宠媚着这剑匣——
看着缠着神蟒的梵像，
我将巍巍地抖颤了，

看看筏上鼓瑟的瞎人，
我将号咷地哭泣了；
看看睡在荷瓣里的太乙，
飘在篆烟上的玉人，
我又将迷迷地嫣笑了呢！

哦，我的大功告成了！
我将让宝剑在匣里睡着。
我将看着他那光怪的图画，
重温我的成形的梦幻，
我将看着他那异彩的花边，
再唱着我的结晶的音乐。

啊！我将看着，看着，看着，
看到剑匣战动了，
模糊了，更模糊了，
一个烟雾弥漫的虚空了，……

哦！我看到肺脏忘了呼吸，
血液忘了流驶，
看到眼睛忘了看了。
哦！我自杀了！
我用自制的剑匣自杀了！
哦哦！我的大功告成了！

西　岸

He has a lusty Spring，when fancy clear
Takes in all beauty within an easy span.

——Keats

这里是一道河，一道大河，
宽无边，深无底；
四季里风姨巡遍世界，
便回到河上来休息；
满天糊着无涯的苦雾，
压着满河无期的死睡。
河岸下酣睡着，河岸上
反起了不断的波澜，
啊！卷走了多少的痛苦！
淘尽了多少的欣欢！
多少心被羞愧才鞭驯，
一转眼被虚荣又煽癫！
鞭下去，煽起来，
又莫非是金钱底买卖。
黑夜哄着聋瞎的人马，
前潮刷走，后潮又挟回。
没有真，没有美，没有善，
更哪里去找光明来！

但不怕那大泽里
风波怎样凶，水兽怎样猛，
总难惊破那浅水芦花里
那些山草的幽梦，——
一样的，有个人也逃脱了
河岸上那纷纠的樊笼。
他见了这宽深的大河，
便私心唤醒了些疑义：
分明是一道河，有东岸，
岂有没个西岸底道理?
啊！这东岸底黑暗恰是那
西岸底光明底影子。

但是满河无期的死睡，
撑着满天无涯的雾幕；
西岸也许有，但是谁看见?
哎……这话也不错。
“恶雾遮不住我，”心讲道，
“见不着，那是目底过！”
有时他忽见浓雾变得
绯样薄，在风翅上荡漾；
雾缝里又筛出些
丝丝的金光洒在河身上。
看！那里！可不是个大鼋背?
毛发又长得那样长。

不是的！倒是一座小岛，
戴着一头的花草：
看！灿烂的鱼龙都出来
晒甲胄，理须桡；
鸳鸯洗刷完了，喙子
插在翅膀里，睡着觉了。
鸳鸯睡了，百鳞退了——
满河一片凄凉；
太阳也没兴，卷起了金练，
让雾帘重往下放：
恶雾瞪着死水，一切的
于是又同从前一样。

“啊！我懂了，我何曾见着
那美人的容仪？
但猜着蠕动的绣裳下，
定有副美人的肢体。
同一理：见着的是小岛，
猜着的是岸西。”

“一道河中一座岛，河西
一盏灯光被岛遮断了。”
这语声到处是，有些人
鹦哥样，听熟了，也会叫；
但是那多数的人
不笑他发狂，便骂他造谣。

也有人相信他，但还讲道：
“西岸地岂是为东岸人？
若不然，为什么要划开
一道河，这样宽又这样深？”
有人讲：“河太宽，雾正密。
找条陆道过去多么稳！”
还有人明晓得道儿
只有这一条，单恨生来错——
难学那些鸟儿飞着渡，
难学那些鱼儿划着过，
却总都怕说得：“搭个桥，
穿过岛，走着过！”为什么？

雨夜篇

“千林风雨莺求友。”

——黄庭坚

雨　夜

几朵浮云，仗着雷雨的势力，
把一天底星月都扫尽了。
一阵狂风还喊来要捉那软弱的树枝，
树枝拼命地扭来扭去，
但是无法躲避风的爪子。

凶狠的风声，悲酸的雨声——
我一壁听着，一壁想着：
假使梦这时要来找我，
我定要永远拉着他，不放他走；
还要剜出我的心来送他作贽礼，
他要收我作个莫逆的朋友。

风声还在树里呻吟着，
泪痕满面的曙天白得可怕，
我的梦依然没有做成。
哦！原来真的已被我厌恶了，
假的就没他自身的尊严吗？

雪

夜散下无数茸毛似的天花，
织成一件大氅，
轻轻地将憔悴的世界，
从头到脚地包了起来：
又加了死人一层殓衣。

伊将一片鱼鳞似的屋顶埋起了，
却总埋不住那屋顶上的青烟缕。
啊！缕缕蜿蜒的青烟啊！
仿佛是诗人向上的灵魂，
穿透自身的躯壳：直向天堂迈往。

高视阔步的风霜蹂躏世界，
森林里抖颤的众生战斗多时，
最末望见伊的白氅，
都欢声喊道：“和平到了，奋斗成功了！
这不是冬投降底白旗吗？”

睡　者

灯儿灭了，人儿在床；
月儿底银潮
沥过了叶缝，冲进了洞窗，
射到睡觉的双靥上，
跟他亲了嘴儿又偎脸，
便洗净一切感情的表象，
只剩下了如梦幻的天真，
笼在那连耳目口鼻
都分不清的玉影上。
啊！这才是人底真色相！
这才是自然底真创造！
自然只此一副模型；
铸了月面，又铸人面。

哦！但是我爱这睡觉的人，
他醒了我又怕他呢！
我越看这可爱的睡容，
想起那醒容，越发可怕。
啊！让我睡了，躲脱他的醒吧！
可是瞌睡像只秋燕，
在我眼帘前掠了一周，
忽地翻身飞去了，
不知几时才能得回来呢？

月儿，将银潮密密地酌着！
睡觉的，撑开枯肠深深地喝着！
快酌，快喝！喝着，睡着！
莫又醒了，切莫醒了！
但是还响点擂着，鼾雷！
我只爱听这自然底壮美底回音，
它警告我这时候
那人心宫的禁闼大开，
上帝在里头登极了！

黄　昏

太阳辛苦了一天，
赚得一个平安的黄昏，
喜得满面通红，
一气直往山洼里狂奔。

黑暗好比无声的雨丝，
慢慢往世界上飘洒……
贪睡的合欢叠拢了绿鬓，钩下了柔颈，
路灯也一齐偷了残霞，换了金花；
单剩那喷水池
不怕惊破别家底酣梦，
依然活泼泼地高呼狂笑，独自玩耍。

饭后散步的人们，
好像刚吃饱了蜜的蜂儿一窠，
三三五五的都往
马路上头，板桥栏畔飞着。
嗡……嗡……嗡……听听唱的什么——
是花色底美丑？
是蜜味底厚薄？
是女王底专制？
是东风底残虐？
啊！神秘的黄昏啊！
问你这首玄妙的歌儿，
这辈嚣喧的众生
谁个唱的是你的真义？

时间底教训

太阳射上床，惊走了梦魂，
昨日底烦恼去了，今日底还没来呢。
啊！这样肥饱的鹑声，
稻林里撞挤出来——来到我心房酿蜜，
还同我的，万物的蜜心，
融合作一团快乐——生命底惟一真义。

此刻时间望我尽笑，
我便合掌向他祈祷：“赐我无尽期！”

可怕！那笑还是冷笑；
哪里？他把眉尖锁起，居然生了气。

“地得！地得！”听那壁上的钟声，
果同快马狂蹄一般地奔腾。
那骑者还仿佛吼着：
“尽可多多创造快乐去填满时间；
哪可活活缚着时间来陪着快乐？”

二月庐

面对一幅淡山明水的画屏，
在一块棋盘似的稻田边上，
蹲着一座看棋的瓦屋——
紧紧地被捏在小山底拳心里。

柳荫下睡着一口方塘；
聪明的燕子——伊唱歌儿
偏找到这里，好听着水面的
回声，改正音调底错儿。

燕子！可听见昨夜那阵冷雨？
西风底信来了，催你快回去。
今年去了，明年，后年，后年以后，
一年回一度的还是你吗？

啊？你的爆裂得这样音响，
迸出些什么压不平的古愁！
可怜的鸟儿，你诉给谁听？
哪知道这个心也碎了哦！

印　象

一望无涯的绿茸茸的——
是青苔？是蔓草？是禾稼？是病眼发花？
只在火车窗口像走马灯样旋着？
仿佛死在痛苦底海里泅泳——
他的披毛散发的脑袋
在噤哑无声的绿波上飘着——
是簇簇的杨树林攒出禾面。

绿杨遮着作工的——神圣的工作！
驿红的赤膊摇着枯涩的辘轳，
向地母哀求世界底一线命脉。
白杨守着休息的——无上的代价！——
孤另另的一座秃头的黄土堆，
拥着一个安闲，快乐，了无知识的灵魂，
长眠，美睡，禁止百梦底纷扰。
啊！神圣的工作！无上的代价！

美与爱

窗子里吐出娇嫩的灯光——
两行鹅黄染的方块镶在墙上；
一双枣树底影子，像堆大蛇，
横七竖八地睡满了墙下。

啊！那颗大星儿！嫦娥底侣伴！
你无端绊住了我的视线；
我的心鸟立刻停了他的春歌，
因他听了你那无声的天乐。

听着，他竟不觉忘却了自己，
一心只要飞出去找你，
把监牢底铁槛也撞断了；
但是你忽然飞地不见了！

屋角底凄风悠悠叹了一声，
惊醒了懒蛇滚了几滚；
月色白得可怕，许是恼了？
张着大嘴的窗子又像笑了！

可怜的鸟儿，它如今回了，
嗓子哑了，眼睛瞎了，心也灰了；
两翅洒着滴滴的鲜血——
是爱底代价，美底罪孽！

快　乐

快乐好比生机：
生机底消息传到绮甸，
群花便立刻
披起五光十色的绣裳。

快乐跟我的
灵魂接了吻，我的世界
忽变成天堂，
住满了柔艳的安琪儿！

诗　人

人们说我有些像一颗星儿，
无论怎样光明，只好作月儿底伴，
总不若灯烛那样有用——
还要照着世界作工，不徒是好看。

人们说春风把我吹燃，是火样的薇花，
再吹一口，便变成了一堆死灰；
剩下的叶儿像铁甲，刺儿像蜂针，
谁敢抱进他的赤裸的胸怀？

又有些人比我作一座遥山：
他们但愿远远望见我的颜色，
却不相信那白云深处里，
还别有一个世界——一个天国。

其余的人或说这样，或说那样，
只是说得对的没有一个。
“谢谢朋友们！”我说，“不要管我了，
你们那样忙，哪有心思来管我？
你们在忙中觉得热闷时，
风儿吹来，你们无心地喝下了，
也不必问是谁送来的，
自然会觉得他来的正好！”

风　波

我戏将沉檀焚起来祀你，
哪知他会烧的这样狂！
他虽散满一世界底异香，
但是你的香吻没有抹尽的
那些渣滓，却化作了云雾
满天，把我的两眼障瞎了；
我看不见你，便放声大哭，
像小孩寻不见他的妈了。
立刻你在我耳旁低声地讲：

（但你的心也雷样的震荡）
“在这里；大惊小怪地闹些什么？
一个好教训哦！”说完了笑着。
爱人，这戏禁不得多演，
让你的笑焰把我的泪晒干！

幻中之邂逅

太阳落了，责任闭了眼睛，
屋里朦胧的黑暗凄酸的寂静，
钩动了一种若有若无的感情，
——快乐和悲哀之间底黄昏。

仿佛一簇白云，濛濛漠漠，
拥着一只素氅朱冠的仙鹤——
在方才淌进的月光里浸着，
那娉婷的模样就是她么？

我们都还没吐出一丝儿声响；
我刚才无心地碰着她的衣裳，
许多的秘密，便同奔川一样，
从这摩触中不歇地冲洄来往。

忽地里我想要问她到底是谁，
抬起头来……月在哪里？人在哪里？

从此狰狞的黑暗，咆哮的静寂，
便扰得辗转空床，通夜无睡。

回　顾

九年底清华底生活，
回头一看——
是秋夜里一片沙漠，
却露着一颗萤火，
越望越光明，
四围是迷茫莫测的凄凉黑暗。
这是红惨绿娇的暮春时节：
如今到了荷池——
寂静底重量正压着池水
连面皮也皱不动——
一片死静！
忽地里静灵退了，
镜子碎了，
个个都喘气了。
看！太阳底笑焰——一道金光，
滤过树缝，洒在我额上；
如今羲和替我加冕了，
我是全宇宙底王！

志　愿

马路上歌啸的人群
泛滥横流着，
好比一个不羁的青年底意志。

银箔似的溪面一意地
要板平他那难看的皱纹。
两岸底绿杨争着
迎接视线到了神秘的尽头——
原来哪里是尽头？
是视线的长度不够！
啊！主呀！我过了那道桥以后，
你将怎样叫我消遣呢？
主啊！愿这腔珊瑚似的鲜血
染成一朵无名的野花，
这阵热气又化些幽香给她，
好攒进些路人底心里烘着吧！

只要这样，切莫又赏给我
这一副腥秽的躯壳！
主呀！你许我吗？许了我吧！

失　败

从前我养了一盆宝贵的花儿，
好容易孕了一个苞子，
但总是半含半吐的不肯放开。
我等发了急，硬把他剥开了，
他便一天萎似一天，萎得不像样了。
如今我要他再关上不能了。
我到底没有看见我要看的花儿！

从前我做了一个希奇的梦，
我总嫌他有些太模糊了，
我满不介意，让他震破了；
我醒了，直等到月落，等到天明，
重织一个新梦既织不成，
便是那个旧的也补不起来了。
我到底没有做好我要做的梦！

贡　臣

我的王！我从远方来朝你，
带了满船你不认识的，
但是你必中意的贡礼。
我兴高采烈地航到这里来，

哪里知道你的心……唉！
还是一个涸了的海港！
我悄悄地等着你的爱潮澎涨，
好浮进我的重载的船艘；
月儿圆了几周，花儿红了几度，
还是老等，等不来你的潮头！
我的王！他们讲潮汐有信，
如今叫我怎样相信他呢？

游戏之祸

我酌上蜜酒，烧起沉檀，
游戏着膜拜你：
沉檀烧地太狂了，
我忙着拿蜜酒来浇他；
谁知越浇越烈，
竟惹了焚身之祸呢！

花儿开过了

花儿开过了，果子结完了；
一春底香雨被一夏底骄阳炙干了，
一夏底荣华被一秋底馋风扫尽了。
如今败叶枯枝，便是你的余剩了。

天寒风紧，冻哑了我的心琴；
我惯唱的颂歌如今竟唱不成。
但是，且莫伤心，我的爱，
琴弦虽不鸣了，音乐依然在。

只要灵魂不减，记忆不死，纵使
你的荣华永逝，（这原是没有的事）
我敢说那已消的春梦底余痕，
还永远是你我的生命底生命！

况且永继的荣华，顿刻的凋落——
两两相形，又算得了些什么？
今冬底假眠，也不过是明春底
更烈的生命所必需的休息。

所以不怕花残，果烂，叶败，枝空，
那缜密的爱底根网总没一刻放松；
他总是绊着，抓着，咬着我的心，
他要抽尽我的生命供给你的生命！

爱呀！上帝不曾因青春底暂退，
就要将这个世界一齐捣毁，
我也不曾因你的花儿暂谢，
敢失望，想另种一朵来代他！

十一年一月二日作

哎呀！自然底太失管教的骄子！
你那内蕴的灵火！不是地狱底毒火，
如今已经烧得太狂了，
只怕有一天要爆裂了你的躯壳。

你那被爱蜜饯了的肥心，人们讲，
本是为滋养些嬉笑的花儿的，
如今却长满了愁苦底荆棘——
他的根已将你的心越捆越紧，越缠越密。
上帝啊！这到底是什么用意？

唉！你（只有你）真正了解生活底秘密，
你真是生活底惟一的知己，
但生活对你偏是那样地凶残：
你看！又是一个新年！——好可怕的新年！——
张着牙戟齿锯的大嘴招呼你上前；
你退既不能，进又白白地往死嘴里钻！

高步远蹠的命运
从时间底没究竟的大道上踱过；
我们无足轻重的蚁子
糊里糊涂地忙来忙去，不知为什么，
忽地里就断送在他的脚跟底……

但是，那也对啊！……死！你要来就快来，
快来断送了这无边的痛苦！
哈哈！死，你的残忍，乃在我要你时，你不来，
如同生，我不要他时，他偏存在！

死

啊！我的灵魂底灵魂！
我的生命底生命，
我一生底失败，一生底亏欠，
如今要都在你身上补足追偿，
但是我有什么
可以求于你的呢？

让我淹死在你眼睛底汪波里！
让我烧死在你心房底熔炉里！
让我醉死在你音乐底琼醪里！
让我闷死在你呼吸底馥郁里！

不然，就让你的尊严羞死我！
让你的酷冷冻死我！
让你那无情的牙齿咬死我！
让那寡恩的毒剑螫死我！

你若赏给我快乐，
我就快乐死了；
你若赐给我痛苦，
我也痛苦死了；
死是我对你惟一的要求，
死是我对你无上的贡献。

深夜底泪

生波停了掀簸；
深夜啊！——
沉默的寒潭！
澈虚的古镜！

行人啊！
回转头来，
照照你的颜容吧！
啊！这般憔悴……

轻柔的泪，
温热的泪，
洗得净这仆仆的征尘？
无端地一滴滴流到唇边，
想是要你尝尝它的滋味；

这便是生活底滋味！
枕儿啊！
紧紧地贴着！
请你也尝尝它的滋味。

唉！若不是你，
这腐烂的骷髅，
往哪里靠啊！
再鼓啊！
一声声这般急切；
便是生活底战鼓吧？
唉！擂断了心弦，
搅乱了生波……

战也是死，
逃也是死，
降了我不甘心。
生活啊！
你可有个究竟？

啊！宇宙底生命之酒，
都将酌进上帝底金樽。
不幸的浮沤！
怎地偏酌漏了你呢？

青春篇

“柳暗花明又一村。”

——陆游

青　春

青春像只唱着歌的鸟儿，
已从残冬窟里闯出来，
驶入宝蓝的穹隆里去了。
神秘的生命，
在绿嫩的树皮里膨胀着，
快要送出带着鞘子的
翡翠的芽儿来了。

诗人呵！揩干你的冰泪，
快预备着你的歌儿，
也赞美你的苏生吧！

宇　宙

宇宙是个监狱，
但是个模范监狱；
他的目的在革新，
并不在惩旧。

国　手

爱人啊！你是个国手；
我们来下一盘棋；
我的目的不是要赢你，
但只求输给你——
将我的灵和肉
输得干干净净！

香　篆

辗转在眼帘前，
萦回在鼻观里，
锤旋在心窝头——

心爱的人儿啊！
这样清幽的香，
只堪供祝神圣的你：

我祝你黛发长青！
又祝你朱颜长姣！
同我们的爱万寿无疆！

春　寒

春啊！
正似美人一般，
无妨瘦一点儿！

春之首章

浴人灵魂的雨过了：
薄泥到处啮人底鞋底。
凉飔挟着湿润的土气
在鼻蕊间正冲突着。

金鱼儿今天许不大怕冷了？
个个都敢于浮上来呢！
东风苦劝执拗的蒲根，

将才睡醒的芽儿放了出来。
春雨过了，芽儿刚抽到寸长，
又被池水偷着吞去了。
亭子角上几根瘦硬的
还没有赶上春的榆枝，
印在鱼鳞似的天上；
像一页淡蓝的朵云笺，
上面涂了些僧怀素底
铁画银钩的草书。

丁香枝上豆大的蓓蕾，
包满了包不住的生意，
呆呆地望着寥阔的天宇，
盘算它明日底荣华——
仿佛一个出神的诗人
在空中编织未成的诗句。

春啊！明显的秘密哟！
神圣的魔术哟！

啊！我忘了我自己，春啊！
我要提起我全身底力气，
在你那绝妙的文章上
加进这丑笨的一句哟！

春之末章

被风惹恼了的粉蝶，
试了好几处底枝头，
总抱不大稳，率性就舍开，
忽地不知飞向哪里去了。
啊！大哲底梦身啊！
了无粘滞的达观者哟！

太轻狂了哦！杨花！
依然吩咐雨丝粘住吧。
娇绿的坦张的荷钱啊！
不息地仰面朝上帝望着，
一心地默祷并且赞着他——
只要这样，总是这样，
开花结实底日子便快了。

一气的酣绿里忽露出
一角汉纹式的小红桥，
真红得快叫出来了！

小孩儿们也太好玩了啊！
镇日里蓝的白的衫子
骑满竹青石栏上垂钓。
他们的笑声有时竟脆得像

坍碎了一座琉璃宝塔一般。
小孩们总是这样好玩呢！

绿纱窗里筛出的琴声，
又是画家脑子里经营着的
一帧美人春睡图：
细熨的柔情，娇羞的倦致，
这般如此，忽即忽离，
啊！迷魂的律吕啊！
音乐家啊！垂钓的小孩啊！
我读完这春之宝笈底末章，
就交给你们永远管领着吧！

钟　声

钟声报得这样急——
时间之海底记水标哦！
是记涨呢，还是记落呢！——
是报过去底添长呢？
还是报未来的消缩呢？

爱之神

——题　画

啊！这么俊的一副眼睛——
两潭渊默的清波！
可怜孱弱的游泳者哟！
我告诉你回头就是岸了！

啊！那潭岸上的一带榛薮，
好分明的黛眉啊！
那鼻子，金字塔式的小丘，
恐怕就是情人底茔墓吧？

那里，不是两扇朱扉吗？
红得像樱桃一样，
扉内还露着编贝底屏风。
这里又不知安了什么陷阱！

啊！莫非是绮甸之乐园？
还是美底家宅，爱底祭坛？
呸！不是，都不是哦！
是死魔盘踞着的一座迷宫！

谢罪以后

朋友，怎样开始？这般结局？
“谁实为之？”是我情愿，是你心许？
朋友，开始结局之间
演了一出浪漫的悲剧；
如今戏既演完了，
便将那一页撕了下去，
还剩下了一部历史，
恐十倍地庄严，百般地丰富，
是更生底灵剂，乐园底基础！

朋友！让舞台上的经验，短短长长，
是恩爱，是仇雠，尽付与时间底游浪。
若教已放下来的绣幕，
永作隔断记忆底城墙；
台上的记忆尽可隔断，
但还有一篇未成的文章，
是在登台以前开始作的。
朋友！你为什么不让他继续添长，
完成一件整的艺术品？你试想想！

朋友！我们来勉强把悲伤葬着，
让我们的胸膛做了他的坟墓；
让忏悔蒸成湿雾，

糊湿了我们的眼睛也可；
但切莫把我们的心，
冷的变成石头一个，
让可怕的矜骄底刀子
在他上面磨成一面的锋，两面的锷。
朋友，知道成锋的刀有个代价么？

忏　悔

啊！浪漫的生活啊！
是写在水面上的个“爱”字，
一壁写着，一壁没了；
白搅动些痛苦底波轮。
部留气御犁

黄　鸟

哦！森林底养子，
太空的血胤
不知名的野鸟儿啊！

黑缎底头帕，
蜜黄的羽衣
镶着赤铜底喙爪——

啊！一只鲜明的火镞，
那样癫狂地射放，
射翻了肃静的天宇哦！
像一块雕镂的水晶，
艺术纵未完成，
却永映着上天底光彩——
这样便是他吐出的
那阕雅健的音乐呀！
啊！希腊式的雅健！

野心的鸟儿啊！
我知道你喉咙里的
太丰富的歌儿
快要噎死你了：
但是从容些吐着！
吐出那水晶的谐音，
造成艺术之宫，
让一个失路的灵魂
早安了家吧！

艺术底忠臣

无数的人臣，仿佛真珠
攒在艺术之王底龙衮上，
一心同赞御容底光采；

其中只有济慈一个人
是群龙拱抱的一颗火珠，
光芒赛过一切的珠子。

诗人底诗人啊！
满朝底冠盖只算得
些艺术底名臣，
只有你一人是个忠臣。
“美即是真，真即美。”
我知道你那栋梁之材，
是单给这个真命天子用的；
别的分疆割据，属国偏安，
哪里配得起你哟！

啊！“鞠躬尽瘁，死而后已”：
真个做了艺术底殉身者！
忠烈的亡魂啊！
你的名字没写在水上，
但铸在圣朝底宝鼎上了！

初夏一夜底印象

——一九二二年五月直奉战争时

夕阳将诗人交付给烦恼的夜了，
叮咛道：“把你的秘密都吐给他了吧！”

紫穹窿下洒着碎了的珠子——
诗人想：该穿成一串，挂在死的胸前。

阴风底冷爪子刚扒过饿柳底枯发，
又将池里的灯影儿扭成几道金蛇。

贴在山腰下佝偻的可怕的老柏，
擎着黑瘦的拳头硬和太空挑衅。

失睡的蛙们此刻应该有些倦意了，
但依旧努力地叫着水国底军歌。

个个都吠得这般沉痛，村狗啊！
为什么总骂不破盗贼底胆子？

嚼火漱雾的毒龙在铁梯上爬着，
驮着黑色号衣的战争，吼的要哭了。

铜舌的报更的磬，屡次安慰世界，
请他放心睡去，……世界哪肯相信他哦！

上帝啊！眼看着宇宙糟蹋到这样，
可也有些寒心吗？仁慈的上帝哟！

诗　债

小小的轻圆的诗句，
是些当一的制钱——
在情人底国中
贸易死亡底通宝。

爱啊！慷慨的债主啊！
不等我偿清诗债
就这么匆忙地去了，
怎样也挽留不住。

但是字串还没毁哟！
这永欠的本钱，
仍然在我帐本上，
息上添息地繁衍。

若有一天你又回来，
爱啊！要做 Shylock 吗？

就把我心上的肉，
和心一起割给你吧！

红荷之魂

序

盆莲饮雨初放，折了几枝，供在案头，又听侄辈读周茂叔底《爱莲说》，便不由得不联想及于三千里外《荷花池畔》底诗人。赋此寄呈实秋，兼上景超及其他在西山的诸友。

太华玉井底神裔啊！
不必在污泥里久恋了。
这玉胆瓶里的寒浆有些洌骨吗？
那原是没有堕世的山泉哪！

高贤底文章啊！雏凤底律吕啊！
往古来今竟携了手来谀媚着你。
来吧！听听这蜜甜的赞美诗吧！
抱霞摇玉的仙花呀！
看着你的躯体，
我怎能不想到你的灵魂？
灵魂啊！到底又是谁呢？

是千叶宝座上的如来，
还是丈余红瓣中的太乙呢？
是五老峰前的诗人，
还是洞庭湖畔的骚客呢？

红荷底魂啊！
爱美的诗人啊！
便稍许艳一点儿，
还不失为“君子”。
看那颗颗坦张的荷钱啊！
可敬的——向上底虔诚，
可爱的——圆满底个性。
花魂啊！佑他们充分地发育吧！

花魂啊，
须提防着，
不要让菱芡藻荇底势力
蚕食了泽国底版图。

花魂啊！
要将崎岖的动底烟波，
织成灿烂的静底绣锦。
然后，
高蹈的鸬鹚啊！
热情的鸳鸯啊！
水国烟乡底顾客们啊！……

只欢迎你们来
逍遥着，偃卧着；
因为你们知道了
你们的义务。

别后

啊！那不速的香吻，
没关心的柔词……
啊！热情献来的一切的贽礼，
当时都大意地抛弃了，
于今却变作记忆底干粮，
来充这旅途底饥饿。

可是，有时同样的馈仪，
当时珍重地接待了，抚宠了；
反在记忆之领土里
刻下了生憎惹厌的痕迹。

啊！谁道不是变幻呢？
顷刻之间，热情与冷淡，
已经百度底乘除了。

谁道不是矛盾呢？
一般的香吻，一样的柔词，

才冷僵了骨髓，
又烧焦了纤维。
恶作剧的疟魔呀！
到底是谁遣你来的？
你在这一隙驹光之间，
竟教我更迭地
作了冰炭底化身！
恶作剧的疟魔哟！

孤雁篇

"天涯涕泪一身遥。"

——杜　甫

孤　雁

不幸的失群的孤客！
谁教你抛弃了旧侣，
拆散了阵字，
流落到这水国底绝塞，
拚着寸磔的愁肠，
泣诉那无边的酸楚？

啊！从那浮云底密幕里，
迸出这样的哀音；
这样的痛苦！这样的热情！
孤寂的流落者！

不须叫喊得哟！
你那沉细的音波，
在这大海底惊雷里，
还不值得那涛头上
溅破的一粒浮沤呢。

可怜的孤魂啊！
更不须向天回首了。
天是一个无涯的秘密，
一幅蓝色的谜语，
太难了，不是你能猜破的。
也不须向海低头了。
这辱骂高天的恶汉，
他的咸卤的唾沫
不要溃湿了你的翅膀，
粘滞了你的行程！

流落的孤禽啊！
到底飞往哪里去呢？
那太平洋底彼岸，
可知道究竟有些什么？

啊！那里是苍鹰底领土——
那鸷悍的霸王啊！
他的锐利的指爪，
已撕破了自然底面目，

建筑起财力底窝巢。
那里只有铜筋铁骨的机械，
喝醉了弱者底鲜血，
吐出些罪恶底黑烟，
涂污我太空，闭熄了日月，
教你飞来不知方向，
息去又没地藏身啊！

流落的失群者啊！
到底要往哪里去？
随阳的鸟啊！
光明底追逐者啊！
不信那腥臊的屠场，
黑黯的烟灶，
竟能吸引你的踪迹！

归来吧，失路的游魂！
归来参加你的伴侣，
补足他们的阵列！
他们正引着颈望你呢。

归来偃卧在霜染的芦林里，
那里有校猎的西风，
将茸毛似的芦花，
铺就了你的床褥
来温暖起你的甜梦。

归来浮游在温柔的港溆里，
那里方是你的浴盆。
归来徘徊在浪舐的平沙上，
趁着溶银的月色，
婆娑着戏弄你的幽影。
归来吧，流落的孤禽！
与其尽在这水国底绝塞，
拚着寸磔的愁肠，
泣诉那无边的酸楚，
不如棹翅回身归去吧！

啊！但是这不由分说的狂飙
挟着我不息地前进；
我脚上又带着了一封书信，
我怎能抛却我的使命，
由着我的心性
回身棹翅归去来呢？

太平洋舟中见一明星

鲜艳的明星哪！——
太阴底嫡裔，
月儿同胞的小妹——
你是天仙吐出的玉唾，
溅在天边？

还是鲛人泣出的明珠，
被海涛淘起？

哦！我这被单调的浪声
摇醒了的灵魂，
昏昏睡了这么久，
毕竟被你唤醒了哦，
灿烂的宝灯啊！
我在昏沉的梦中，
你将我唤醒了，
我才知道我已离了故乡，
贬斥在情爱底边徼之外——
飘簸在海涛上的一枚钓饵。

你又唤醒了我的大梦——
梦外包着的一层梦！
生活呀！苍茫的生活呀！
也是波涛险阻的大海哟！
是情人底眼泪底波涛，
是壮士底血液底波涛。

鲜艳的星，光明底结晶啊！
生命之海中底灯塔！
照着我吧！照着我吧！
不要让我碰了礁滩！
不要许我越了航线；

我自要加进我的一勺温泪，
教这泪海更咸；
我自要倾出我的一腔热血，
教这血涛更鲜！

火　柴

这里都是君王底
樱桃艳嘴的小歌童：
有的唱出一颗灿烂的明星，
唱不出的，都拆成两片枯骨。

玄　思

在这黄昏底沉默里，
从我这荒凉的脑子里，
常迸出些古怪的思想，
不伦不类的思想；

仿佛从一座古寺前的
尘封雨渍的钟楼里，
飞出一阵猜怯的蝙蝠，
非禽非兽的小怪物。
同野心的蝙蝠一样，

我的思想不肯只爬在地上，
却老在天空里兜圈子，
圆的，扁的，种种的圈子。

我这荒凉的脑子
在黄昏底沉默里，
常迸出些古怪的思想，
仿佛同些蝙蝠一样。

我是一个流囚

我是个年壮力强的流囚，
我不知道我犯的是什么罪。

黄昏时候，
他们把我推出门外了，
幸福的朱扉已向我关上了，
金甲紫面的门神
举起宝剑来逐我；
我只得闯进缜密的黑暗，
犁着我的道路往前走。

忽地一座壮阁底飞檐，
像只大鹏底翅子
插在浮沤密布的天海上：

卍字格的窗棂里
泻出醺人的灯光，黄酒一般地酽；
哀宕淫热的笙歌，
被激愤的檀板催窘了，
螺旋似地锤进我的心房：
我的身子不觉轻去一半，
仿佛在那孔雀屏前跳舞了。

啊快乐——严懔的快乐——
抽出它的讥诮底银刀，
把我刺醒了；
哎呀！我才知道——
我是快乐底罪人，
幸福之宫里逐出的流囚，
怎能在这里随便打溷呢？

走吧！再走上那没有尽头的黑道吧！
唉！但是我受伤太厉害；
我的步子渐渐迟重了；
我的鲜红的生命，
渐渐染了脚下的枯草！

我是个年壮力强的流囚，
我不知道我犯的是什么罪。

寄怀实秋

泪绳捆住的红烛
已被海风吹熄了；
跟着有一缕犹疑的轻烟，
左顾右盼，
不知往哪里去好。
啊！解体的灵魂哟！
失路底悲哀哟！

在黑暗的严城里，
恐怖方施行它的高压政策：
诗人底尸肉在那里仓皇着，
仿佛一只丧家之犬呢。
莲蕊间酣睡着的恋人啊！
不要灭了你的纱灯：
几时珠箔银绦飘着过来，
可要借给我点燃我的残烛，
好在这阴城里面，
为我照出一条道路。

烛又点燃了，
那时我便作个自然的流萤，
在深更底风露里，
还可以逍遥流荡着，
直到黎明！

莲蕊间酣睡着的骚人啊！
小心那成群打围的飞蛾，
不要灭了你的纱灯哦！

晴　朝

一个迟笨的晴朝，
比年还现长得多，
像条懒洋洋的冻蛇，
从我的窗前爬过。

一阵淡清的烟云
偷着跨进了街心……
对面的一带朱楼
忽都被他咒入梦境。

栗色汽车像匹骄马
休息在老绿阴中，
瞅着他自身的黑影，
连动也不动一动。

傲霜的老健的榆树
伸出一只粗胳膊，
拿在窗前底日光里，
翻金弄绿，不奈乐何。

除外了一个黑人
薙草，刮刮地响声渐远，
再没有一息声音——
和平布满了大自然，

和平蜷伏在人人心里；
但是在我的心内
若果也有和平底形迹，
那是一种和平底悲哀。

地球平稳地转着，
一切的都向朝日微笑；
我也不是不会笑，
泪珠儿却先滚出来了。

皎皎的白日啊！
将照遍了朱楼底四面；
永远照不进的是——
游子底漆黑的心窝坎！

一个恹病的晴朝！
比年还过得慢，
像条负创的伤蛇，
爬过了我的窗前。

记　忆

记忆渍起苦恼的黑泪
在生活底纸上写满蝇头细字；
生活底纸可以撕成碎片，
记忆底笔迹永无磨灭之时。

啊！友谊底悲剧，希望底挽歌，
情热底战史，罪恶底供状——
啊！不堪卒读的文词哦！
是记忆底亲手笔，悲哀底旧文章！

请弃绝了我吧，拯救了我吧！
智慧哟！勾引记忆底奸细！
若求忘却那悲哀的文章，
除非要你赦脱了你我的关系！

太阳吟

太阳啊，刺得我心痛的太阳！
又逼走了游子底一出还乡梦，
又加他十二个时辰底九曲回肠！

太阳啊，火一样烧着的太阳！

烘干了小草尖头底露水，
可烘得干游子底冷泪盈眶？

太阳啊，六龙骖驾的太阳！
省得我受这一天天底缓刑，
就把五年当一天跑完那又何妨？

太阳啊——神速的金乌——太阳！
让我骑着你每日绕行地球一周，
也便能天天望见一次家乡！
太阳啊，楼角新升的太阳！
不是刚从我们东方来的吗？
我的家乡此刻可都依然无恙？

太阳啊，我家乡来的太阳！
北京城里底宫柳裹上一身秋了吧？
唉！我也憔悴的同深秋一样！

太阳啊，奔波不息的太阳！
你也好像无家可归似的呢。
啊！你我的身世一样地不堪设想！

太阳啊，自强不息的太阳！
大宇宙许就是你的家乡吧。
可能指示我我底家乡底方向？

太阳啊，这不像我的山川，太阳！
这里的风云另带一般颜色，
这里鸟儿唱的调子格外凄凉。

太阳啊，生命之火底太阳！
但是谁不知你是球东半底情热，
同时又是球西半底智光？

太阳啊，也是我家乡底太阳！
此刻我回不了我往日的家乡，
便认你为家乡也还得失相偿。

太阳啊，慈光普照的太阳！
往后我看见你时，就当回家一次；
我的家乡不在地下乃在天上！

忆 菊

——重阳前一日作

插在长颈的虾青瓷的瓶里，
六方的水晶瓶里的菊花，
攒在紫藤仙姑篮里的菊花；
守着酒壶的菊花，
陪着螯盏的菊花；

未放，将放，半放，盛放的菊花。

镶着金边的绛色的鸡爪菊；
粉红色的碎瓣的绣球菊！
懒慵慵的江西腊哟；
倒挂着一饼蜂窠似的黄心，
仿佛是朵紫的向日葵呢。
长瓣抱心，密瓣平顶的菊花；
柔艳的尖瓣攒蕊的白菊
如同美人底拳着的手爪，
拳心里攫着一撮儿金粟。
檐前，阶下，篱畔，圃心底菊花：
霭霭的淡烟笼着的菊花，
丝丝的疏雨洗着的菊花，——
金底黄，玉底白，春酿底绿，秋山底紫，……

剪秋萝似的小红菊花儿；
从鹅绒到古铜色的黄菊；
带紫茎的微绿色的“真菊”
是些小小的玉管儿缀成的，
为的是好让小花神儿
夜里偷去当了笙儿吹着。

大似牡丹的菊王到底奢豪些，
他的枣红色的瓣儿，铠甲似的，
张张都装上银白的里子了；

星星似的小菊花蕾儿
还拥着褐色的萼被睡着觉呢。

啊！自然美底总收成啊！
我们祖国之秋底杰作啊！
啊！东方底花，骚人逸士底花呀！
那东方底诗魂陶元亮
不是你的灵魂底化身吧？
那祖国底登高饮酒的重九
不又是你诞生底吉辰吗？

你不像这里的热欲的蔷薇，
那微贱的紫萝兰更比不上你。
你是有历史，有风俗的花。
啊！四千年的华胄底名花呀！
你有高超的历史，你有逸雅的风俗！

啊！诗人底花呀！我想起你，
我的心也开成顷刻之花
灿烂的如同你的一样；
我想起你同我的家乡，
我们的庄严灿烂的祖国，
我的希望之花又开得同你一样。

习习的秋风啊！吹着，吹着！
我要赞美我祖国底花！

我要赞美我如花的祖国！
请将我的字吹成一簇鲜花，
金底黄，玉底白，春酿底绿，秋山底紫，……
然后又统统吹散，吹得落英缤纷，
弥漫了高天，铺遍了大地！

秋风啊！习习的秋风啊！
我要赞美我祖国底花！
我要赞美我如花的祖国！

秋　色

（芝加哥洁飓森公园里）

“诗情也似并刀快，
剪得秋光入卷来。”

——陆游

紫得像葡萄似的涧水
翻起了一层层金色的鲤鱼鳞。

几片剪形的枫叶，
仿佛朱砂色的燕子，
颠斜地在水面上
旋着，掠着，翻着，低昂着……

肥厚得熊掌似的
棕黄色的大橡叶，
在绿茵上狼藉着。
松鼠们张张慌慌地
在叶间爬出爬进，
搜猎着他们来冬底粮食。
成了年的栗叶。
向西风抱怨了一夜，
终于得了自由，
红着干燥的脸儿，
笑嬉嬉地辞了故枝。

白鸽子，花鸽子，
红眼的银灰色的鸽子，
乌鸦似的黑鸽子，
背上闪着紫的绿的金光——
倦飞的众鸽子在阶下集齐了，
都将喙子插在翅膀里，
寂静悄静地打盹了。

水似的空气泛滥了宇宙；
三五个活泼泼的小孩，
（披着橘红的黄的黑的毛绒衫）
在丁香丛里穿着，
好像戏着浮萍的金鱼儿呢。

是黄浦江上林立的帆樯？
这数不清的削瘦的白杨
只竖在石青的天空里发呆。

倜傥的绿杨像位豪贵的公子，
裹着件平金的绣蟒，
一只手叉着腰身，
照着心烦的碧玉池，
玩媚着自身的模样儿。

凭在十二曲的水晶栏上，
晨曦瞰着世界微笑了，
笑出金子来了——
黄金笑在槐树上，
赤金笑在橡树上，
白金笑在白松皮上。

哦，这些树不是树了！
是些绚缦的祥云——
琥珀的云，玛瑙的云，
灵风扇着，旭日射着的云。
哦！这些树不是树了，
是百宝玲珑的祥云。

哦，这些树不是树了，
是紫禁城里的宫阙——

黄的琉璃瓦，
绿的琉璃瓦；
楼上起楼，阁外架阁……
小鸟唱着银声的歌儿，
是殿角的风铃底共鸣。
哦！这些树不是树了，
是金碧辉煌的帝京。
啊！斑斓的秋树啊！
陵阳公 样的瑞锦，
土耳基底地毡，
Notre Dame 底蔷薇窗，
Fra Angelico 底天使画
都不及你这色彩鲜明哦！

啊！斑斓的秋树啊！
我羡煞你们这浪漫的世界，
这波希米亚的生活！
我羡煞你们的色彩！

哦！我要请天孙 织件锦袍，
给我穿着你的色彩！
我要从葡萄，橘子，高粱……里
把你榨出来，喝着你的色彩！

我要借义山 济慈底诗
唱着你的色彩！

在蒲寄尼底 La Boheme 里，
在七宝烧的博山炉里，
我还要听着你的色彩，
嗅着你的色彩！

哦！我要过个色彩的生活，
和这斑斓的秋树一般！

秋之末日

和西风酗了一夜的酒，
醉得颠头跌脑，
洒了金子扯了锦绣，
还呼呼地吼个不休。

奢豪的秋，自然底浪子哦！
春夏辛苦了半年，
能有多少的积蓄，
来供你这般地挥霍呢？
如今该要破产了吧！

秋深了

秋深了，人病了。
人敌不住秋了；
镇日拥着件大氅，
像只煨灶的猫，
蜷在摇椅上摇……摇……摇……
想着祖国，
想着家庭，
想着母校，
想着故人，
想着不胜想，不堪想的胜境良朝。

春底荣华逝了，
夏底荣华逝了；
秋在对面嵌白框窗子的
金字塔似的木板房子檐下，
抱着香黄色的破头帕，
追想春夏已逝的荣华；
想的伤心时，
飒飒地洒下几点黄金泪。
啊！秋是追想底时期！
秋是堕泪底时期！

废　园

一只落魄的蜜蜂，
像个沿门托钵的病僧，
游到被秋雨踢倒了的
一堆烂纸似的鸡冠花上，
闻了一闻，马上飞走了。

啊！零落底悲哀哟！
是蜂底悲哀？是花底悲哀？

小　溪

铅灰色的树影，
是一长篇恶梦，
横压在昏睡着的
小溪底胸膛上。
小溪挣扎着，挣扎着……
似乎毫无一点影响。

稚　松

他在夕阳底红纱灯笼下站着，
他扭着颈子望着你，
他散开了藏着金色圆眼的，
海绿色的花翎——一层层的花翎。
他像是金谷园里的
一只开屏的孔雀吧？

烂　果

我的肉早被黑虫子咬烂了。
我睡在冷辣的青苔上，
索性让烂的越加烂了，
只等烂穿了我的核甲，
烂破了我的监牢，
我的幽闭的灵魂
便穿着豆绿的背心，
笑迷迷地要跳出来了！

色　彩

生命是张没价值的白纸，
自从绿给了我发展，
红给了我情热，
黄教我以忠义，
蓝教我以高洁，
粉红赐我以希望，
灰白赠我以悲哀；
再完成这帧彩图，
黑还要加我以死。
从此以后，
我便溺爱于我的生命，
因为我爱他的色彩。

梦　者

假如那绿晶晶的鬼火
是墓中人底
梦里迸出的星光，
那我也不怕死了！

红豆篇

“此物最相思。”

——王　维

红　豆

一

红豆似的相思啊！
一粒粒的
坠进生命底磁坛里了……
听他跳激底音声，
这般凄楚！
这般清切！

二

相思着了火，
有泪雨洒着，
还烧得好一点；
最难禁的，
是突如其来
赶不及哭的干相思。

三

意识在时间底路上放行：
每逢插起一杆红旗之处，
那便是——
相思设下的关卡，
挡住行人，
勒索路捐的。

四

袅袅的篆烟啊！
是古丽的文章，
淡写相思底诗句。

五

比方有一屑月光，
偷来匍匐在你枕上，
刺着你的倦眼，
撩得你镇夜不睡，
你讨厌他不？
那么这样便是相思了！

六

相思是不作声的蚊子，
偷偷地咬了一口，
陡然痛了一下，
以后便是一阵底奇痒。

七

我的心是个没设防的空城，
半夜里忽被相思袭击了，
我的心旌
只是一片倒降；
我只盼望——
它恣情屠烧一回就去了；
谁知他竟永远占据着，
建设起宫墙来了呢？

八

有两样东西，
我总想撇开，
却又总舍不得：
我的生命，
同为了爱人儿的相思。

九

爱人啊！
将我作经线，
你作纬线，
命运织就了我们的婚姻之锦；
但是一帧回文锦哦！
横看是相思，
直看是相思，
顺看是相思，
倒看是相思，
斜看正看都是相思，
怎样看也看不出团图二字。

一〇

我俩是一体了！
我们的结合，
至少也和地球一般圆满。

但你是东半球，
我是西半球，
我们又自己放着眼泪，
做成了这苍茫的太平洋，
隔断了我们自己。

一一

相思枕上的长夜，
怎样的厌厌难尽啊！
但这才是岁岁年年中之一夜，
大海里的一个波涛。
爱人啊！
叫我又怎样泅过这时间之海？

一二

我们有一天
相见接吻时，
若是我没小心，
掉出一滴苦泪，
渍痛了你的粉颊，
你可不要惊讶！
那里有多少年底
生了锈的情热底成分啊！

一三

我到底是个男子！
我们将来见面时，
我能对你哭完了，
马上又对你笑。
你却不必如此；
你可以仰面望着我，
像一朵湿蔷薇，
在雾后的斜阳里，
慢慢儿晒干你的眼泪。

一四

我把这些诗寄给你了，
这些字你若不全认识，
那也不要紧。
你可以用手指
轻轻摩着他们，
像医生按着病人的脉，
你许可以试出
他们紧张地跳着，
同你心跳底节奏一般。

一五

古怪的爱人儿啊！
我梦时看见的你
是背面的。

一六

在雪黯风骄的严冬里，
忽然出了一颗红日；
在心灰意冷的情绪里，
忽然起了一阵相思——
这都是我没料定的。

一七

讨诗债的债主
果然回来了！
我先不妨
倾了我的家赀还着。
到底实在还不清了，
再剜出我的心头肉，
同心一起付给他吧。

一八

我昼夜唱着相思底歌儿。
他们说我唱得形容憔悴了，
我将浪费了我的生命。
相思啊！
我颂了你吗？
我是吐尽明丝的蚕儿，
死是我的休息；
我诅了你吗？
我是吐出毒剑底蜂儿，
死是我的刑罚。

一九

我是只惊弓的断雁，
我的嘴要叫着你，
又要衔着芦苇，
保障着我的生命。
我真狼狈哟！

二〇

扑不灭的相思，
莫非是生命之原上底野烧？
株株小草底绿意，
都要被他烧焦了啊！

二一

深夜若是一口池塘，
这飘在他的黛漪上的
淡白的小菱花儿，
便是相思底花儿了，
哦！他结成青的，血青的，
有尖角的果子了！

二二

我们的春又回来了，
我搜尽我的诗句，
忙写着红纸的宜春帖。
我也不妨就便写张
“百无禁忌。”
从此我若失错触了忌讳，
我们都不必介意吧！

二三

我们是两片浮萍：
从我们聚散底速率
同距离底远度，
可以看出风儿底缓急，
浪儿底大小。

二四

我们是鞭丝抽拢的伙伴，
我们是鞭丝抽散的离侣。
万能的鞭丝啊！
叫我们赞颂吗？
还是诅咒呢？

二五

我们弱者是鱼肉；
我们曾被求福者
重看了盛在笾豆里，
供在礼教底龛前。
我们多么荣耀啊！

二六

你明白了吗？
我们是照着客们吃喜酒的
一对红蜡烛；
我们站在桌子底
两斜对角上，
悄悄地烧着我们的生命，
给他们凑热闹。
他们吃完了，
我们的生命也烧尽了。

二七

若是我的话
讲得太多，
讲到末尾，
便胡讲一阵了，
请你只当我灶上的烟囱：
口里虽勃勃地吐着黑灰，
心里依旧是红热的。

二八

这算他圆满底三绝吧！——
莲子，
泪珠儿，
我们的婚姻。

二九

这一滴红泪：
不是别后的清愁，
却是聚前的炎痛。

三〇

他们削破了我的皮肉，
冒着险将伊的枝儿

强蛮地插在我的茎上。
如今我虽带着瘿肿的疤痕，
却开出从来没开过的花儿了。
他们是怎样狠心的聪明啊！
但每回我瞟出看花的人们
上下抛着眼珠儿，
打量着我的茎儿时，
我的脸就红了！

三一

哦，脑子啊！
刻着虫书鸟篆的
一块妖魔的石头，
是我的佩刀底砺石，
也是我爱河里的礁石，
爱人儿啊！
这又是我俩之间的界石！

三二

幽冷的星儿啊！
这般零乱的一团！
爱人儿啊！
我们的命运，
都摆布在这里了！

三三

冬天底长夜，
好不容易等到天明了，
还是一块冷冰冰的
铅灰色的天宇，
哪里看得见太阳呢?
爱人啊！哭吧！哭吧！
这便是我们的将来哟！

三四

我是狂怒的海神，
你是被我捕着的一叶轻舟。
我的情潮一起一落之间，
我笑着看你颠簸；
我的千百个涛头
用白晃晃的锯齿咬你，
把你咬碎了，
便和樯带舵吞了下去。

三五

夜鹰号眺地叫着；
北风拍着门环，
撕着窗纸，

撞着墙壁，
掀着屋瓦，
非闯进来不可。
红烛只不息地淌着血泪，
凝成大堆赤色的石钟乳。
爱人啊！你在哪里？
快来剪去那乌云似的烛花，
快窝着你的素手
遮着这抖颤的烛焰！
爱人啊！你在哪里？

三六

当我告诉你们：
我曾在玉箫牙板，
一派悠扬的细乐里，
亲手掀起了伊的红盖帕；
我曾著着银烛，
一壁撷着伊的凤钗，
一壁在伊耳边问道：
“认得我吗？”
朋友们啊！
当你们听我讲这些故事时；
我又在你们的笑容里，
认出了你们私心的艳羡。

三七

这比我的新人，
谁个温柔？
从炉面镂空的双喜字间，
吐出了一线蜿蜒的香篆。

三八

你午睡醒来，
脸上印着红凹的簟纹，
怕是链子锁着的
梦魂儿吧？
我吻着你的香腮，
便吻着你的梦儿了。

三九

我若替伊画像，
我不许一点人工产物
污秽了伊的玉体。
我并不是用画家底肉眼，
在一套曲线里看伊的美；
但我要描出我常梦着的伊——
一个通灵澈洁的裸体的天使！
所以为免除误会起见，

我还要叫伊这两肩上
生出一双翅膀来。
若有人还不明白，
便把伊错认作一只彩凤，
那倒没什么不可。

四〇

假如黄昏时分，
忽来了一阵雷电交加的风暴，
不须怕得呀，爱人！
我将紧拉着你的手，
到窗口并肩坐下，
我们一句话也不要讲，
我们只凝视着
我们自己的爱力
在天边碰着，
碰出些金箭似的光芒，
炫瞎我们自己的眼睛。

四一

有酸的，有甜的，有苦的，有辣的。
豆子都是红色的，
味道却不同了。
辣的先让礼教尝尝！

苦的我们分着囫囵地吞下。
酸的酸得像梅子一般，
不妨细嚼着止止我们的渴。
甜的呢！
啊！甜的红豆都分送给邻家作种子吧！

四二

我唱过了各样的歌儿，
单单忘记了你。
但我的歌儿该当越唱越新，越美。
这些最后唱的最美的歌儿，
一字一颗明珠，
一字一颗热泪，
我的皇后啊！
这些算了我赎罪底菲仪，
这些我跪着捧献给你。

死　水

口　供

我不骗你，我不是什么诗人，
纵然我爱的是白石的坚贞，
青松和大海，鸦背驮着夕阳，
黄昏里织满了蝙蝠的翅膀。
你知道我爱英雄，还爱高山，
我爱一幅国旗在风中招展，
自从鹅黄到古铜色的菊花。
记着我的粮食是一壶苦茶！

可是还有一个我，你怕不怕？——
苍蝇似的思想，垃圾桶里爬。

收　回

那一天只要命运肯放我们走！
不要怕；虽然得走过一个黑洞，
你大胆的走；让我掇着你的手；
也不用问哪里来的一阵阴风。
只记住了我今天的话，留心那
一掬温存，几朵吻，留心那几炷笑，
都给拾起来，没有差；——记住我的话：
拾起来，还有珊瑚色的一串心跳。

可怜今天苦了你——心渴望着心——
那时候该让你拾，拾一个痛快，
拾起我们今天损失了的黄金。
那斑斓的残瓣，都是我们的爱，
拾起来，戴上。
你戴着爱的圆光，
我们再走，管他是地狱，是天堂！

“你指着太阳起誓”

你指着太阳起誓，叫天边的寒雁
说你的忠贞。好了，我完全相信你，
甚至热情开出泪花，我也不诧异。
只是你要说什么海枯，什么石烂……
那便笑得死我。这一口气的工夫
还不够我陶醉的？还说什么“永久”？
爱，你知道我只有一口气的贪图，
快来箍紧我的心，快！啊，你走，你走……

我早算就了你那一手——也不是变卦——
“永久”早许给了别人，秕糠是我的份，
别人得的才是你的菁华——不坏的千春。
你不信？假如一天死神拿出你的花押，
你走不走？去去！去恋着他的怀抱，
跟他去讲那海枯石烂不变的贞操！

什么梦?

一排雁字仓皇的渡过天河，
寒雁的哀呼从她心里穿过，
“人啊，人啊”她叹道，
“你在哪里，在哪里叫着我？”

黄昏拥着恐怖，直向她进逼，
一团剧痛沉淀在她的心里，
“天啊，天啊”她叫道，
“这到底，到底是什么意义？”

道是那样长，行程又在夜里，
她站在生死的门限上犹夷，
“烦闷，烦闷”她想道
“我将永远，永远结束了你！”

决断写在她脸上，——决断的从容，……
忽然摇篮里哇的一阵警钟，
“儿啊，儿啊”她哭了，
“我做的是什么是什么梦？”

大鼓师

我挂上一面豹皮的大鼓，
我敲着它游遍了一个世界，
我唱过了形形色色的歌儿，
我也听饱了喝不完的彩。

一角斜阳倒挂在檐下，
我蹑着芒鞋，踏入了家村。
“咱们自己的那只歌儿呢？”
她赶上前来，一阵的高兴。

我会唱英雄，我会唱豪杰，
那倩女情郎的歌，我也唱，
若要问到咱们自己的歌，
天知道，我真说不出的心慌！

我却吞下了悲哀，叫她一声，
“快拿我的三弦来，快呀快！
这只破鼓也忒嫌闹了，我要
那弦子弹出我的歌儿来。”

我先弹着一群白鸽在霜林里，
珊瑚爪儿踩着黄叶一堆；
然后你听那秋虫在石缝里叫，

忽然又变了冷雨洒着柴扉。

洒不尽的雨，流不完的泪，……
我叫声“娘子！”把弦子丢了，
“今天我们拿什么作歌来唱？
歌儿早已化作泪儿流了！

“怎么？怎么你也抬不起头来？
啊！这怎么办，怎么办！……
来！你来！我兜出来的悲哀，
得让我自己来吻它干。

“只让我这样呆望着你，娘子，
像窗外的寒蕉望着月亮，
让我只在静默中赞美你，
可是总想不出什么歌来唱。

“纵然是刀斧削出的连理枝，
你瞧，这姿势一点也没有扭。
我可怜的人，你莫疑我，
我原也不怪那挥刀的手。

“你不要多心，我也不要问，
山泉到了井底，还往哪里流？
我知道你永远起不了波澜，
我要你永远给我润着歌喉。

“假如最末的希望否认了孤舟，
假如你拒绝了我，我的船坞！
我战着风涛，日暮归来，
谁是我的家，谁是我的归宿？

“但是，娘子啊！在你的尊前，
许我大鼓三弦都不要用；
我们委实没有歌好唱，我们
既不是儿女，又不是英雄！”

狼 狈

假如流水上一抹斜阳
悠悠的来了，悠悠的去了；
假如那时不是我不留你，
那颗心不由我作主了。

假如又是灰色的黄昏
藏满了蝙蝠的翅膀；
假如那时不是我不念你，
那时的心什么也不能想。

假如落叶像败阵纷逃，
暗影在我这窗前睥睨；

假如这颗心不是我的了，
女人，教它如何想你？

假如秋夜也这般的寂寥……
嘿！这是谁在我耳边讲话？
这分明不是你的声音，女人；
假如她偏偏要我降她。

你莫怨我

你莫怨我！
这原来不算什么，
人生是萍水相逢，
让他萍水样错过。
你莫怨我！

你莫问我！
泪珠在眼边等着，
只须你说一句话，
一句话便会碰落，
你莫问我！

你莫惹我！
不要想灰上点火。

我的心早累倒了，
最好是让它睡着，
你莫惹我！

你莫碰我！
你想什么，想什么？
我们是萍水相逢，
应得轻轻的错过。
你莫碰我！

你莫管我！
从今加上一把锁；
再不要敲错了门，
今回算我闯的祸，
你莫管我！

你　看

你看太阳像眠后的春蚕一样，
镇日吐不尽黄丝似的光芒；
你看负暄的红襟在电杆梢上，
酣眠的锦鸭泊在老柳根旁。

你眼前又陈列着青春的宝藏，
朋友们，请就在这眼前欣赏；

你有眼睛请再看青山的峦嶂，
但莫向那山外探望你的家乡。

你听听那枝头颂春的梅花雀，
你得揩干眼泪，和他一只歌。
朋友，乡愁最是个无情的恶魔，
他能教你眼前的春光变作沙漠。

你看春风解放了冰锁的寒溪，
半溪白齿琮琮的漱着涟漪，
细草又织就了釉釉的绿意。
白杨枝上招展着幺小的银旗。

朋友们，等你看到了故乡的春，
怕不要老尽春光老尽了人？
呵，不要探望你的家乡，朋友们，
家乡是个贼，他能偷去你的心！

也 许

——葬 歌

也许你真是哭得太累，
也许，也许你要睡一睡，

那么叫夜鹰不要咳嗽，
蛙不要号，蝙蝠不要飞。

不许阳光拨你的眼帘，
不许清风刷上你的眉，
无论谁都不能惊醒你，
撑一伞松阴庇护你睡。

也许你听这蚯蚓翻泥，
听这小草的根须吸水，
也许你听这般的音乐
比那咒骂的人声更美；

那么你先把眼皮闭紧，
我就让你睡，我让你睡，
我把黄土轻轻盖着你，
我叫纸钱儿缓缓的飞。

忘掉她

忘掉她，像一朵忘掉的花，——
那朝霞在花瓣上，
那花心的一缕香——
忘掉她，像一朵忘掉的花！

忘掉她，像一朵忘掉的花！
像春风里一出梦，
像梦里的一声钟，
忘掉她，像一朵忘掉的花！

忘掉她，像一朵忘掉的花！
听蟋蟀唱得多好，
看墓草长得多高；
忘掉她，像一朵忘掉的花！

忘掉她，像一朵忘掉的花！
她已经忘记了你，
她什么都记不起；
忘掉她，像一朵忘掉的花！

忘掉她，像一朵忘掉的花！
年华那朋友真好，
他明天就教你老；
忘掉她，像一朵忘掉的花！

忘掉她，像一朵忘掉的花！
如果是有人要问，
就说没有那个人；
忘掉她，像一朵忘掉的花！

忘掉她，像一朵忘掉的花！

像春风里一出梦，
像梦里的一声钟，
忘掉她，像一朵忘掉的花！

泪　雨

他在那生命的阳春时节，
曾流着号饥号寒的眼泪；
那原是舒生解冻的春霖，
却也兆征了生命的哀悲。

他少年的泪是连绵的阴雨
暗中浇熟了酸苦的黄梅；
如今黑云密布，雷电交加，
他的泪像夏雨一般的滂沛。

中途的怅惘，老大的蹉跎，
他知道中年的苦泪更多，
中年的泪定似秋雨淅沥，
梧桐叶上敲着永夜的悲歌。

谁说生命的残冬没有眼泪？
老年的泪是悲哀的总和；
他还有一掬结晶的老泪，
要开作漫天愁人的花朵。

末　日

露水在笕筒里哽咽着，
芭蕉的绿舌头舐着玻璃窗，
四围的垩壁都往后退，
我一人填不满偌大一间房。

我心房里烧上一盆火，
静候着一个远道的客人来，
我用蛛丝鼠矢喂火盆，
我又用花蛇的鳞甲代劈柴。

鸡声直催，盆里一堆灰，
一股阴风偷来摸着我的口，
原来客人就在我眼前，
我咳嗽一声，就跟着客人来。

死　水

这是一沟绝望的死水，
清风吹不起半点漪沦。
不如多扔些破铜烂铁，
爽性泼你的剩菜残羹。

也许铜的要绿成翡翠，
铁罐上锈出几瓣桃花；
再让油腻织一层罗绮，
霉菌给他蒸出些云霞。

让死水酵成一沟绿酒，
飘满了珍珠似的白沫；
小珠们笑声变成大珠，
又被偷酒的花蚊咬破。

那么一沟绝望的死水，
也就夸得上几分鲜明。
如果青蛙耐不住寂寞，
又算死水叫出了歌声。

这是一沟绝望的死水，
这里断不是美的所在，
不如让给丑恶来开垦，
看他造出个什么世界。

春　光

静得像入定了的一般，那天竹，
那天竹上密叶遮不住的珊瑚；
那碧桃，在朝暾里运气的麻雀。

春光从一张张的绿叶上爬过。
蓦地一道阳光晃过我的眼前，
我眼睛里飞出了万支的金箭，
我耳边又谣传着翅膀的摩声，
仿佛有一群天使在空中逻巡……

忽地深巷里迸出了一声清籁：
“可怜可怜我这瞎子，老爷太太！”

黄　昏

黄昏是一头迟笨的黑牛，
一步一步的走下了西山；
不许把城门关锁得太早，
总要等黑牛走进了城圈。

黄昏是一头神秘的黑牛，
不知他是哪一界的神仙——
天天月亮要送他到城里，
一早太阳又牵上了西山。

我要回来

我要回来，
乘你的拳头像兰花未放，
乘你的柔发和柔丝一样，
乘你的眼睛里燃着灵光，
我要回来。

我没回来，
乘你的脚步像风中荡桨，
乘你的心灵像痴蝇打窗，
乘你笑声里有银的铃铛，
我没回来。

我该回来，
乘你的眼睛里一阵昏迷，
乘一口阴风把残灯吹熄，
乘一只冷手来掇走了你，
我该回来。

我回来了，
乘流萤打着灯笼照着你，
乘你的耳边悲啼着莎鸡，
乘你睡着了，含一口沙泥，
我回来了。

夜　歌

癞虾蟆抽了一个寒噤，
黄土堆里钻出个妇人，
妇人身旁找不出阴影，
月色却是如此的分明。

黄土堆里钻出个妇人，
黄土堆上并没有裂痕；
也不曾惊动一条蚯蚓，
或绷断蛸蟏一根网绳。

月光底下坐着个妇人，
妇人的容貌好似青春，
猩红衫子血样的狰狞，
鬅松的散发披了一身。

妇人在号咷，捶着胸心，
癞虾蟆只是打着寒噤，
远村的荒鸡哇的一声，
黄土堆上不见了妇人。

静　夜

这灯光，这灯光漂白了的四壁；
这贤良的桌椅，朋友似的亲密；
这古书的纸香一阵阵的袭来；
要好的茶杯贞女一般的洁白；
受哺的小儿接呷在母亲怀里，
鼾声报道我大儿康健的消息……
这神秘的静夜，这浑圆的和平，
我喉咙里颤动着感谢的歌声。
但是歌声马上又变成了诅咒，
静夜！我不能，不能受你的贿赂。
谁希罕你这墙内尺方的和平！
我的世界还有更辽阔的边境。
这四墙既隔不断战争的喧嚣，
你有什么方法禁止我的心跳？
最好是让这口里塞满了沙泥，
如其它只会唱着个人的休戚！
最好是让这头颅给田鼠掘洞，
让这一团血肉也去喂着尸虫，
如果只是为了一杯酒，一本诗，
静夜里钟摆摇来的一片闲适，
就听不见了你们四邻的呻吟，
看不见寡妇孤儿抖颤的身影，
战壕里的痉挛，疯人咬着病榻，

和各种惨剧在生活的磨子下。
幸福！我如今不能受你的私贿，
我的世界不在这尺方的墙内。
听！又是一阵炮声，死神在咆哮。
静夜！你如何能禁止我的心跳？

一个观念

你隽永的神秘，你美丽的谎，
你倔强的质问，你一道金光，
一点儿亲密的意义，一股火，
一缕缥缈的呼声，你是什么？
我不疑，这因缘一点也不假，
我知道海洋不骗他的浪花。
既然是节奏，就不该抱怨歌。
啊，横暴的威灵，你降伏了我，
你降伏了我！你绚缦的长虹——
五千多年的记忆，你不要动，
如今我只问怎样抱得紧你……
你是那样的横蛮，那样美丽！

发　现

我来了，我喊一声，迸着血泪，
“这不是我的中华，不对，不对！”
我来了，因为我听见你叫我；
鞭着时间的罡风，擎一把火，
我来了，不知道是一场空喜。
我会见的是噩梦，哪里是你？
那是恐怖，是噩梦挂着悬崖，
那不是你，那不是我的心爱！
我追问青天，逼迫八面的风，
我问，拳头擂着大地的赤胸，
总问不出消息；我哭着叫你，
呕出一颗心来，——在我心里！

祈　祷

请告诉我谁是中国人，
启示我，如何把记忆抱紧；
请告诉我这民族的伟大，
轻轻的告诉我，不要喧哗！

请告诉我谁是中国人，
谁的心里有尧舜的心，

谁的血是荆轲聂政的血，
谁是神农黄帝的遗孽。

告诉我那智慧来得离奇，
说是河马献来的馈礼；
还告诉我这歌声的节奏，
原是九苞凤凰的传授。

谁告诉我戈壁的沉默，
和五岳的庄严？又告诉我
泰山的石霤还滴着忍耐，
大江黄河又流着和谐？

再告诉我，哪一滴清泪
是孔子吊唁死麟的伤悲？
那狂笑也得告诉我才好，——
庄周淳于髡东方朔的笑。

请告诉我谁是中国人，
启示我，如何把记忆抱紧；
请告诉我这民族的伟大，
轻轻的告诉我，不要喧哗！

一句话

有一句话说出就是祸，
有一句话能点得着火。
别看五千年没有说破，
你猜得透火山的缄默？
说不定是突然着了魔，
突然青天里一个霹雳
爆一声：
“咱们的中国！”

这话叫我今天怎么说？
你不信铁树开花也可，
那么有一句话你听着：
等火山忍不住了缄默，
不要发抖，伸舌头，顿脚，
等到青天里一个霹雳
爆一声：
“咱们的中国！”

荒　村

“……临淮关梁园镇间一百八十里之距离，已完全断绝人烟。汽车道两旁之村庄，所有居民，逃避一空。农民之家具木器，均以绳相连，沉于附近水塘稻田中，以避火焚。门窗俱无，中以棺材或石堵塞。一至夜间，则灯火全无。鸡犬豕等觅食野间，亦无人看守。而间有玫瑰芍药犹墙隅自开。新出稻秧，翠蔼宜人。草木无知，其斯之谓欤？”

——民国十六年五月十九日《新闻报》

他们都上哪里去了？怎么
虾蟆蹲在甑上，水瓢里开白莲；
桌椅板凳在田里堰里飘着；
蜘蛛的绳桥从东屋往西屋牵？
门框里嵌棺材，窗棂里镶石块！
这景象是多么古怪多么惨！
镰刀让它锈着快锈成了泥，
抛着整个的鱼网在灰堆里烂。
天呀！这样的村庄都留不住他们！
玫瑰开不完，荷叶长成了伞；
秧针这样尖，湖水这样绿，
天这样青，鸟声像露珠样圆。
这秧是怎样绿的，花儿谁叫红的？
这泥里和着谁的血，谁的汗？
去得这样的坚决，这样的脱洒，
可有什么苦衷，许了什么心愿？
如今可有人告诉他们：这里
猪在大路上游，鸭往猪群里钻，
雄鸡踏翻了芍药，牛吃了菜——

告诉他们太阳落了，牛羊不下山，
一个个的黑影在岗上等着，
四合的峦嶂龙蛇虎豹一般，
它们望一望，打了一个寒噤，
大家低下头来，再也不敢看；
（这也得告诉他们）它们想起往常
暮寒深了，白杨在风里颤，
那时只要站在山头嚷一句，
山路太险了，还有主人来搀；
然后笛声送它们踏进栏门里，
那稻草多么香，屋子多么暖！
它们想到这里，滚下了一滴热泪，
大家挤作一堆，脸偎着脸……
去！去告诉它们主人，告诉他们，
什么都告诉他们，什么也不要瞒！
叫他们回来！叫他们回来！
问他们怎么自己的牲口都不管？
他们不知道牲口是和小儿一样吗？
可怜的畜生它们多么没有胆！
喂！你报信的人也上哪里去了？
快去告诉他们——告诉王家老三，
告诉周大和他们兄弟八个，
告诉临淮关一带的庄稼汉，
还告诉那红脸的铁匠老李，
告诉独眼龙，告诉徐半仙，
告诉黄大娘和满村庄的妇女——

告诉他们这许多的事，一件一件。
叫他们回来，叫他们回来！
这景象是多么古怪多么惨！
天呀！这样的村庄留不住他们；
这样一个桃源，瞧不见人烟！

罪　过

老头儿和担子摔一交，
满地是白杏儿红樱桃。
老头儿爬起来直哆嗦。
“我知道我今日的罪过！”
“手破了，老头儿你瞧瞧。”
“唉！都给压碎了，好樱桃！”
“老头儿你别是病了吧？
你怎么直楞着不说话？”
“我知道我今日的罪过，
一早起我儿子直催我。
我儿子躺在床上发狠，
他骂我怎么还不出城。

“我知道今日个不早了，
没想到一下子睡着了。
这叫我怎么办，怎么办？
回头一家人怎么吃饭？”

老头儿拾起来又掉了，
满地是白杏儿红樱桃。

天安门

好家伙！今日可吓坏了我！
两条腿到这会儿还哆嗦。
瞧着，瞧着，都要追上来了，
要不，我为什么要那么跑？
先生，让我喘口气，那东西，
你没有瞧见那黑漆漆的，
没脑袋的，蹶腿的，多可怕，
还摇晃着白旗儿说着话……
这年头真没法办，你问谁？
真是人都办不了，别说鬼。
还开会啦，还不老实点儿！
你瞧，都是谁家的小孩儿，
不才十来岁儿吗？干吗的？
脑袋瓜上不是使枪扎的？
先生，听说昨日又死了人，
管包死的又是傻学生们。
这年头儿也真有那怪事，
那学生们有的喝，有的吃，——
咱二叔头年死在杨柳青，
那是饿的没法儿去当兵，——

谁拿老命白白的送阎王！
咱一辈子没撒过谎，我想
刚灌上俩子儿油，一整勺，
怎么走着走着瞧不见道。
怨不得小秃子吓掉了魂，
劝人黑夜里别走天安门。
得！就算咱拉车的活倒霉，
赶明日北京满城都是鬼！

飞毛腿

我说飞毛腿那小子也真够别扭，
管包是拉了半天车得半天歇着，
一天少了说也得二三两白干儿，
醉醺醺的一死儿拉着人谈天儿。
他妈的谁能陪着那个小子混呢？
“天为啥是蓝的？”没事他该问你。
还吹他妈什么箫，你瞧那副神儿，
窝着件破棉袄，老婆的，也没准儿，
再瞧他擦着那车上的俩大灯吧，
擦着擦着问你曹操有多少人马。
成天儿车灯车把且擦且不完啦，
我说“飞毛腿你怎不擦擦脸啦？”
可是飞毛腿的车擦得真够亮的，
许是得擦到和他那心地一样的！

嗐！那天河里飘着飞毛腿的尸首，……
飞毛腿那老婆死得太不是时候。

洗衣歌

洗衣是美国华侨最普遍的职业，因此留学生常常被人问道，“你爸爸是洗衣裳的吗？”

（一件，两件，三件，）
洗衣要洗干净！
（四件，五件，六件，）
熨衣要熨得平！

我洗得净悲哀的湿手帕，
我洗得白罪恶的黑汗衣，
贪心的油腻和欲火的灰，……
你们家里一切的脏东西，
交给我洗，交给我洗。

铜是那样臭，血是那样腥，
脏了的东西你不能不洗，
洗过了的东西还是得脏，
你忍耐的人们理它不理？
替他们洗！替他们洗！

你说洗衣的买卖太下贱，
肯下贱的只有唐人不成？
你们的牧师他告诉我说：
耶稣的爸爸做木匠出身，
你信不信？你信不信？

胰子白水要不出花头来，
洗衣裳原比不上造兵舰。
我也说这有什么大出息——
流一身血汗洗别人的汗？
你们肯干？你们肯干？

年去年来一滴思乡的泪，
半夜三更一盏洗衣的灯……
下贱不下贱你们不要管，
看哪里不干净哪里不平，
问支那人，问支那人。

我洗得净悲哀的湿手帕，
我洗得白罪恶的黑汗衣，
贪心的油腻和欲火的灰，
你们家里一切的脏东西，
交给我——洗，交给我——洗。

（一件，两件，三件，）
洗衣要洗干净！

（四件，五件，六件，）
熨衣要熨得平！

闻一多先生的书桌

忽然一切的静物都讲话了，
忽然间书桌上怨声腾沸：
墨盒呻吟道“我渴得要死！”
字典喊雨水渍湿了他的背；

信笺忙叫道弯痛了他的腰；
钢笔说烟灰闭塞了他的嘴，
毛笔讲火柴烧秃了他的须，
铅笔抱怨牙刷压了他的腿，
香炉咕喽着“这些野蛮的书
早晚定规要把你挤倒了！”
大钢表叹息快睡锈了骨头；
“风来了！风来了！”稿纸都叫了；

笔洗说他分明是盛水的，
怎么吃得惯臭辣的雪茄灰；
桌子怨一年洗不上两回澡，
墨水壶说“我两天给你洗一回。”
“什么主人？谁是我们的主人？”
一切的静物都同声骂道，

“生活若果是这般的狼狈，
倒还不如没有生活的好！”

主人咬着烟斗迷迷的笑，
“一切的众生应该各安其位。
我何曾有意的糟蹋你们，
秩序不在我的能力之内。”